U0051981

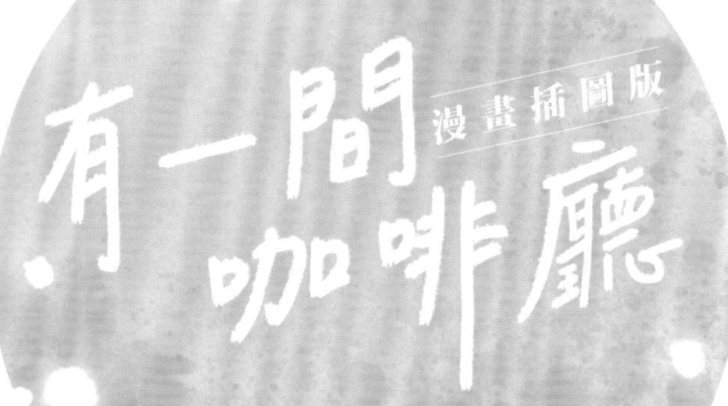
有一間咖啡廳
漫畫插圖版
原著◎蝴蝶Seba
漫畫◎曉君

作者序

少年不識愁滋味，愛上層樓，愛上層樓，為賦新詞強說愁。
而今識盡愁滋味，欲說還休，欲說還休，卻道天涼好個秋。

——辛棄疾〈醜奴兒〉

這耳熟能詳的詞，非常貼切的說明了「偽文青」和「文青」的差別。

年輕的時候嘛，不裝能死，可人生經歷不過關呀，想裝沒本錢，怎麼辦？只好開始堆砌華麗詞藻，如果不巧肚子裡的墨水沒二兩，那只好扭捏點看起來很酷的句子，寫好像很酷的小說。沒事，誰沒有年輕過。人人都當過偽文青，從古老ＢＢＳ的簽名檔、名片檔，到各種社交媒體的抬頭，誰不文青一把。

所以我會說我文青過敏……其實是尷尬癌犯了，總是無法面對自己的黑歷史。

我呢，其實一直都不是文青，而是天橋下說書人。

所以我偶然看到有人說我是文青，這心情真的很複雜……過譽了過譽了，我只是個大學都沒念過的說書人。

這年頭，作者不流行跳下去跟人爭長短啦。所以我只能說，「啊哈，天涼好個秋，這風兒真喧囂啊～～」

其實我這輩子寫過最文青的小說就是《有一間咖啡廳》。空前絕後，這輩子再也寫不出這麼文藝的調調啦。

真的挺佩服曉君的，意境表現得非常到位。

我才不會告訴你們，我看著漫畫版熱淚盈眶，被往事襲擊了一番。

更不會告訴你們，我看圖文版居然跑去洗了三次臉。

絕對沒有哭，相信我。

我只是，被觸動到了一些些心弦，和一點點幾乎遺忘的回憶。

畢竟已經過去了。我再也不是那個茫然失措，在颱風夜裡點數白米和泡麵存量，憂愁能不能撐到領稿費的，那個蝴蝶了。

感謝上蒼讓我撐到這個時候，修修補補還能活著。感謝讀者一路行來相伴左右。

感謝這一切。

蝴蝶　二〇二〇年十一月二日

目次 TABLE OF CONTENTS

1. Chapter

溺水的魚

她走進來的時候，是下午兩點半。

難得的冬陽懶洋洋的灑在二樓的窗邊，像是將一整年台北的美麗陽光細心粧點，空氣中的微塵也蒙著粼粼的金粉飛舞。

背著光，她的每根髮絲通亮，光可鑑人的垂肩長髮襯著雪白的臉蛋。除了嘴唇那點血色，她的臉上只有淡漠的黑與冷冷的白。

老闆正在擦玻璃杯，望著這個穿著毛料斜格裙襯著長筒馬靴，斜揹著行李，手裡提著提包的女孩。

是女孩還是女人？人生閱歷豐富到簡直厭倦的老闆，卻看不出她真正的年紀。說是女孩，她的眼睛太滄桑；說是女人，她的皮膚又還光滑緊緻。

「請問，你們在徵吧台嗎？」她拿著門口擺著的傳單。聲音慵懶而悅耳，卻還是聽不出歲數。

「是。」老闆已經四十開外了，保養得宜的臉蛋只見男性成熟的穩重，歲月的粗礪只在內心留下痕跡，卻沒有太多顯露在外表。「妳要應徵嗎？」

她點點頭，淡漠的表情有著淡漠卻合禮的微笑。「但是我沒有帶履歷表。」

老闆凝視了她一會兒，「用不著履歷表。煮一杯拿手的咖啡給我喝吧。吧台可以借妳。」

她走進吧台，「曼特寧？藍山？」

「曼特寧。」他坐在吧台外，專注的看著她每一個熟練的動作。

她的動作很優美。即使只是煮一杯咖啡，她還是舉止優雅。她的衣服材質很好，卻不是名牌。看起來應該是手工訂製的。沒有留指甲的她，修剪得非常整齊。健康的指甲發出淡淡的櫻花色。

這樣美麗的手，將咖啡端上來時，的確讓這杯咖啡生色不少。

他喝了一口。嗯……不是最頂極的。但是這杯咖啡有她的味道……像是淡漠的台北冬陽。光亮、溫和，但是要靠冬陽取暖是種奢望。

「萃取的有點不夠。」他下了評語。

「我對這裡的器材不夠熟。」她有些淡淡的歉意。

「……客人有時候會要求一些菜單上沒有的花式咖啡。」老闆托著下巴，「妳能應付得來嗎？」

「沒問題。」她的語氣不自大，像是在說件再平凡也不過的事情。

「調酒？」

「尋常的調酒我都可以。」她微微的拉拉唇角。

兩個人都沉默下來，陽光中的金粉無知的嘩笑著。

「……妳什麼時候可以來上班？」老闆給了她一個微笑。

不是不訝異的。但是她最多的表示只是眼神的一閃即過。

「Any time.」

老闆點了點頭，「歡迎妳。我還不知道妳的名字。」

「我姓沈，沈靜。」她遞出身分證。

「晚上給我太太加勞健保就可以了。十點好嗎？這裡眞正忙的時候是從十點到半夜兩點。妳的工作時間就是這段時間。」

「沒問題。」她將行李袋揹起來，「晚上見。」

「沈靜，妳沒問我的名字。」老闆叫住她。

「你是老闆。」她禮貌的點點頭，走出了咖啡廳。

門口的風鈴輕輕搖曳了一下。空無一人的咖啡廳，正是下午三點零五分。

* * *

她手上有個打過電話的地址。循著地圖，她走進去。那是棟老舊的大樓，跟它差不多老的管理員坐在迷你電視前面打瞌睡。

離工作地點和捷運站都近，她沒有什麼好挑剔。

「這間。」房東太太粗魯的打開很小的套房。

「獨門獨戶，又剛剛粉刷過，跟新的一樣。妳看，還有窗戶勒！地板還是木頭的，這麼好的地點，這麼好的房子，妳如果不趕緊決定，後面等著租的人還很多……」

她看看如雪洞般沒有家具的套房。大概擺張書桌和床，就只剩下能小心翼翼走路的甬道，連衣櫥都放不下。不過，的確有個很大的窗戶和窗台，浴室也像是剛裝修過的一樣。還有個很小很小的浴缸，大概彎著膝蓋可以把自己擠進去。

打斷了房東太太的嘮叨，「什麼時候可以搬進來？現在可以嗎？」

房東太太張著嘴，「……可是妳還沒付押金。兩個月喔！還有這個月的房租……」

「我們馬上打契約好嗎？樓下有提款機，我馬上提給妳。」

她從來沒看過租房子這麼乾脆的人！「……啊可是……妳的行李勒？我告訴妳，我這裡是木頭地板，很容易刮傷的！妳要是搬了一大堆家具來……」

「我就這些行李。」她累了，把行李袋和提包放下，「我只會添張和式桌和床墊。」

她住了下來。錢能解決的事情，都不是大事。很快的，轉角的家具行就把她要的床墊和和式桌搬來。很少的運費，很快的效率。

甚至從家具行走回來的路上，她買了兩個透明魚缸，兩隻鮮豔的鬥魚跟著一起回來。

下午五點五十五分。

台北收起了冬陽的笑臉，淅瀝瀝的開始哭了起來。

雨水在沒有窗簾的玻璃窗上割劃著淚滴，囂鬧的城聲隔著十四樓的距離，聽起來模糊而感傷。

玻璃缸的兩隻鬥魚，隔缸互望，吐著氣泡、吃著她剛撒下去的食物。

與她一起待在寬大的窗台上，望著朦朧初暗的夜景，這個混濁的都市，燈光卻像是打翻了一窗台的寶石般閃爍美麗。

寂寞而美麗。

拋棄了一切，她從另一個城市，回到這個城市。這個骯髒混濁，卻美麗夢幻的城市。

籠罩在朦朧霧氣之上的，是空氣般的寂寞。

俯瞰街道，七彩的傘花在初上的華燈下，游移著一條條永不饜足的靈魂。

她打開新買的ＰＨＳ，冷冷的藍光提醒她，已經六點十五分。

拋下一切，包括數百個電話號碼的手機。但是她到台北的第一件事情，就是買一隻ＰＨＳ。

她是個可悲的現代人。沒有手機，就像是沒有嘴、

沒有鬧鐘、沒有手錶。但是只能在台北通訊的ＰＨＳ，也讓她和過去的城市一刀兩斷。

乾乾淨淨的電話名單，讓她有莫名的安全感。

寂寞？是的，誰不寂寞。

台北的別名，就是寂寞。我們在這個城市遊走，說著言不由衷的話，交著言不由衷的所謂朋友，作著機械式的愛，模仿電視的對白，對任何人都有標準模式。

但是寂寞是海。在這個溼透的台北，寂寞就是海洋，而我們是海洋裡一隻隻的熱帶魚。

鮮豔，但是沒有體溫。即使相擁也沒有體溫。

然而，誰也不明白自己在寂寞的海洋裡。所以渴求著溫暖，渴求著掙脫。忘記「寂寞」是一種保護，一種保護自己的心不受傷害的唯一方法。

於是，就成了一條條溺水的魚。

魚不該溺水的。我們也該擁抱寂寞。

雖然，我也溺水過。

下午九點二十五分。她看了看ＰＨＳ上面顯示的時間。停下了打字的手，螢幕上游標閃爍著，存檔，關機。

默默的和她的筆記型電腦相對著。除了幾件衣服，她就帶了錢包和這台筆記型電腦走。還有一些她也拋不掉，比方說，對著電腦自言自語的習慣，並且要「她」記錄下來。

打開門，她鎖住一屋子不純粹的黑暗。因爲對街的霓虹燈，喧嘩的闖進她的房間，有一種虛僞的歡樂氣氛。

腳步聲漸漸的離開了門，房間裡只有安靜存在，還有兩隻鮮豔的鬥魚，隔著兩重玻璃互望著，氣泡的聲音讓寂靜更寂靜。

這是最安全的距離。

2.
Chapter

穿了九個耳洞的男生

晚上九點三十分，她走進咖啡廳。

當初會來應徵，就是因爲這家咖啡廳叫做「有一間」。很有趣。「有一間咖啡廳……」聽起來就像是有很多故事在延續。而她覺得生活在別人的故事裡，比用自己的生命寫要有趣多了。

再多的血跡斑斑也不過是別人的。幾滴眼淚很廉價，所以她聽了也不用哭。

她是個膽怯的人。

「晚安。」她向櫃台的老闆點點頭，旁邊站了個剪著妹妹頭的婦人，對她微微笑。

應該是老闆娘吧？

「這是我太太。小芳，這是我們的新吧台。」老闆簡單的介紹一下，「妳負責吧台。後面的廚房是我太太負責的。如果客人點了什麼，就讓小珂去應付……我們的外場。不過他還沒有來。」

他引著沈靜參觀一下乾淨整齊的小廚房，又帶她到裡面，「這裡，是我的設計室。」

沈靜望了望製圖桌與豪華的麥金塔，被牆上的原稿設計吸引住目光，「溫牧仁？」

「就是我。」老闆好脾氣的笑笑，「本來我想退休了。廣告設計這行飯太辛苦了……偏偏最近又接了個大案子，人情壓力總是比較讓人頭痛的……這才沒有精神全天候顧店。」

「所以，我來了。」她淡淡一笑。

「是呀，希望妳能幫忙。」

老闆摟摟老闆娘的肩膀，「小芳是我的助手。晚上認眞來點餐的人不多，交給小芳就行了。只是外場和吧台只有妳和小珂……叫妳小靜可以嗎？我希望大家親切些。」

「方便就好。」名字不過是個符號。

「那……小芳，帶小靜塡一下資料。」老闆吩咐著。

她望望牆上的廣告原稿。她還記得這個名字。那年這個名字囊括了大部分的廣告獎。

「妳是想問，爲什麼我不繼續在廣告界賺大錢，跑來當咖啡店老闆幹嘛？」老闆笑了。

她幾乎是歉意的微笑，埋頭繼續塡資料。

「我沒有賺大錢的渴望。」老闆坦白，「我想和小芳有多點的時間喝喝咖啡。」

老闆娘的臉馬上紅了起來，輕輕拍了老闆一下。

也有人的感情是這樣溫馨的。她把資料塡好，遞給老闆娘，眼神幾乎算得上溫和，「謝謝。」默默的走了出去。

「她行嗎？」看著她的背影，老闆娘擔心了起來，「她眞人如其名。」

老闆拾起針筆。「沒問題的，好的吧台只需要聽。她很擅長傾聽。要熱鬧，我們已經有了個很聒噪的外場了。」

＊　＊　＊

「對不起，我來遲了！」挑染著金髮的大男孩衝了進來，肩膀上還掛著雨滴，

「咦？妳就是新吧台嗎？」

他還沒把雨衣掛好，就急著衝到吧台，

「……妳好有氣質喔！妳幾歲？今天開始上班嗎？這幾天老闆天天抱怨不已，我實在被他煩死了……他老嫌人家這個不好那個不好，原來是嫌吧台不好看啊！妳眞好看！我不是說妳是美女……也不是說妳醜啦！只是妳看起來好舒服，好喜歡呢……不過我不是要追妳妳不要擔心……」

他嘰哩呱啦說了一大堆，沈靜望著他，嗤的一聲笑出來。

摸了摸頭，「啊啦……我又聒噪了……老大也常常這麼說我呢。我是說老闆……他說啊，『小珂，你能不能把嘴巴閉起來五秒鐘？你刮得我的頭都痛了……』哎哎，這是該對員工說的話嗎？」

「小珂……小珂？小珂！」站在一旁的老闆娘無奈的喊了他好幾聲，「你能不能把嘴巴閉起來五秒鐘？」

「小芳姐，你越來越像老大了。」他不滿的嘟起嘴來。

是個滿好看的男孩子。不是很高，一七幾吧。挑染了滿頭耀眼的金黃，卻顯得燦爛，和他臉上人畜無害的陽光笑容很相稱。左右耳都戴著耳環，她默默的算了一下，總共九個。

一個穿了九個耳洞的男孩子。

「別扯了。」老闆娘寵溺的拍拍他，「這位是沈靜。老闆說，叫她小靜。」

「小芳小珂小

靜。」小珂誇張的嘆口氣，「眞的都是『小氏家族』。爲什麼都是小什麼的呀？怎麼不叫老大『小仁』？」

「你才是小鬼哩。」老闆娘笑了起來，「小心老闆出來Ｋ人。」

「嘿，我可是寶貴的唯一外場！」他捏尖嗓子，「貴寶貴寶，人看人稱讚，鬼看鬼跌倒！」

老闆娘笑彎了腰，沈靜只是靜靜的笑，一面翻著菜單一面認咖啡豆和器材的位置。應該沒問題。她煮了很多年的咖啡，自學了不少的調酒。應該可以應付得過來。

十點半，空無一人的咖啡廳開始湧進了客人。

老闆娘有點不放心，和埋首工作的老闆不同，她總是走到外面去察看。

小珂還是跟往常一樣，滿場飛的說笑，敏捷的記下客人的需要，瀟灑的交到吧台。這孩子很受附近女性客人的歡迎，不過他也很守本分，說笑歸說笑，還是精力充沛的招呼著所有的客人。

或許是新吧台的新鮮感，往常只有老客人才會坐的吧台，卻擠滿了好奇的人。

「小靜？妳眞的叫小靜？還眞的很靜欸……妳幾歲？」

「妳從哪兒來的？」

「妳可不要太早離職呀！老闆雖然是個怪人，老闆娘和我們都是好人欸。」……

面對這些好奇的眼光，她只從容不迫的微笑，一面處理著小珂不斷送上來的點單，一面簡短的回答。

「另一個城市？年齡是祕密？小靜妹妹，妳的話眞少。」有人覺得沒意思起來。

她那熟悉的歉意又出現了，「我喜歡聽，抱歉。今天你過得好嗎？」

被她這樣淡然卻誠懇的一問，客人愣了一下，「哎……這種年頭，還有什麼好不好的？有工作就該偷笑了！小靜呀，你都不知道，我那豬狗不如的上司……」

她很專心的聆聽，雖然手底的工作都沒停，還是讓客人感到她的專注。

老闆娘這才放心了下來，悄悄的走進吧台，「如果有了什麼麻煩……打分機進來問我。」她指指吧台邊的電話，「不要客氣，多麼小的事情都可以問。」

「好。」她的笑容總是有點悲意。她把注意力轉到工作與客人身上，「後來呢？」

客人精神一振，他沒想到吧台眞的聽他說話，「後來啊……我就對我那豬狗不如的上司說……」

她應該沒問題。老闆娘放心了。

*　　*　　*

半夜三點整。

她整理完吧台，最後一個客人也回家了。

「我先回去了，明天見。」她和老闆與老闆娘道別。

「很晚了，要不要叫小珂送妳？」老闆從工作裡抬起頭來。

「很近的。」她說了自己租屋的大樓，「沒幾步路，不要緊。」她從來不希望給任何人麻煩。

才下樓梯，後面傳來小珂的大喊大叫，「小靜！小靜！等我一下～」他氣喘吁吁的從後面追上來，「呼……妳走那麼快幹嘛？我只是去上個廁所……妳住哪兒？我騎機車，我送妳！」

「就在前面的國王大廈。」她指了指不到一百公尺的大樓，「沒關係的。」

「有關係！妳是女孩子欸！妳沒帶傘？」他跑向自己的機車，從行李箱拿出傘來，「住台北怎麼能夠不帶傘？」

「很近。再說……我也幾乎忘了台北一直下雨。」

小珂不由分說的把傘撐起來，「不行。怎麼可以讓女孩子淋雨？又是這麼晚了……我送妳回家。台北壞人多……妳不知道，上回還有個客人被搶，眞是太恐怖了！我跑了快三條街才抓到那個混蛋，眞是沒天良！有手有腳，什麼工作不能做啊？搶劫？眞是下三濫的傢伙……家境不好？我呸！我小珂大爺又

是什麼家境好了?我還不是白天上課晚上打工?想要錢就去賺啊!搶人家的辛苦錢是什麼意思?」

「很辛苦吧?」

「啥?」小珂沒聽懂。

「你念復興?」她看見小珂還揹著書包,「日間部功課很重。」

「啊~老師都超級沒天良的!功課一大堆,哪裡做得完?我都快被累死了!有時候都想轉商職算了,抄抄寫寫容易,畫畫有時畫到三更半夜啊!我的老天!我等等還要回學校去做雕塑,眞是命苦喔……」

「爲什麼還要打工?」她對這個外表

時髦的俊俏男孩有些改觀。他不像是很重視物質享受的孩子。

「這個……」他不好意思的搔搔頭，「我有女朋友。她……一直希望有個鑽戒。就像是小說裡面的情節一樣，男朋友打工買了個鑽戒給她……」

沈靜站住了腳，望著他。

「喂，妳不要誤會喔！我的女朋友絕對不是愛慕虛榮……她脾氣是有點壞，也的確喜歡漂亮的東西……不過不是虛榮喔！女孩子嘛，總是比較浪漫的。一個鑽戒可以讓她覺得很浪漫，我就覺得很值得啊！而且我還年輕，現在努力是應該的……」

他急急的說了許多許多，沈靜只是靜靜的聽他說。等他喘口氣停下來，尷尬的抬頭，「……到妳家很久了，對不起，我實在太愛講話了……我女朋友就說我不夠穩重，不過……」

沈靜把手帕遞給他，「擦擦額頭的汗。」

他才知道爲女朋友辯解時，他急了一身的汗。

「你是個好孩子。」她溫柔的笑笑，「很高興和你同事。」

「我都長這麼大了，還孩子勒。」他稚氣的笑了起來，揮揮手，「不過我也很高與小靜來。我先回去了。再見！」他跑出幾步，又回頭大大的揮了手。

年輕……眞好。對什麼都相信，一切都是這樣純眞。眞好。她的目光遙遠，她也曾經……有過凡事相信的純眞年代。

只是……她對現在，也沒有什麼不滿。逝去的純眞，可以回憶，卻不該留住。因爲留住不會改變什麼，或喚回什麼。留住只是讓自己更看不清楚現實而已。

回到房間，默默的與兩條鬥魚相對。嘩啦啦，沒完沒了的雨聲是唯一的背景音樂。她打開電腦，望著空白的Word，開始對「她」傾訴。

活下去不很難。一份工作可以消磨時間，賺生活費，不必動用到我的緊急基金。

這樣讓我有安全感。

同事們看起來都是好人……起碼此時此刻是的。客人也還可以，沒有利害關係的陌生人，反而比較好相處。

以為自己已經不會面對人類了……看起來不是這樣。只要不認識就行了。

我沒問題。

一個金髮的可愛男孩送我回來，堅持女孩子該享受讓人送回家的權利。他的耳朵上穿了九個耳洞，笑起來還不知道人間險惡。

這種笑容令人陷入回憶中。似乎我也看過自己有過這種笑容。不過，人生都要失去一些什麼，換回一些什麼。我失去些純真，換來一些世故。

很公平。

我是個自私的人，所以希望他的純真留得久一點。就像我希望永遠不知道老闆和老闆娘間的真實故事。隔著距離，朦朧的幸福總是比較美。

我不認識任何人，誰也不認識我。在台北是很正常的事情，若是離開吧台，大概路上相逢也不相識。

這樣很好。我可以相信，每個人都是善意的。對於無關勝負、升遷、名聲、利害的人，就是最惡毒的逃犯也可以很友善。

只要我不真的知道他的祕密。而我什麼也不想知道。

望著電腦，她打開ＭＰ３，發出暗啞失真的歌聲。唱些什麼都不在乎，只是想干擾擾人的雨聲。

但是雨聲卻穿透一切，在她夢裡淅瀝瀝了一夜。

* * *

醒來時發現自己直打哆嗦，十一月中，台北的冬天就來臨了。早上八點，ＰＨＳ閃著藍光。她還睡不到五個小時。

雖然疲倦，但是侵人的寒氣讓她再也睡不著，她走到對面的麥當勞，捧著難喝的咖啡暖手，望著雨景發呆。

混亂的交通、行色匆匆的行人。每個人都淋得溼透，連靈魂都浸在雨裡。

坐到百貨公司開門，她才去買了床羽絨被。

「什麼顏色呢？小姐？」專櫃掛著僵硬而專業的笑。

「白色床單，白色床罩，白色的枕頭套。不要有其他花色。」

專櫃出現爲難的神情，「……小姐，只有醫院才有妳要的東西。」

輕輕嘆口氣，她挑了水藍色。專櫃小姐費盡力氣，才在庫存裡找到單一純色的水藍色床罩組給她。

「藍色看起來很冷。現在是冬天……」專櫃試圖說服她。

她只笑笑，又選了水藍色的單色窗簾。

東西加在一起還是很重的。但是她沒有一句抱怨，淋著雨一起搬回來。

掛起窗簾，鋪好床。襯著慘白的牆壁，這屋子顯得更冷淡。但是明明白白的冷淡，比起熱情如火的外表下惡毒算計的內在，好太多了。

她也是一條魚。寂寞之洋的魚。她不怕寂寞，不會溺水。

＊　＊　＊

他的燦爛笑容底下會是什麼？幾時會換上惡毒世故的心腸？她望著小珂時，為他的未來悲觀。

漂亮的人總是要多受點考驗。當中最嚴重的就是「自大」和「驕傲」。

而他，的確非常漂亮。周圍的人不停的給他讚美與欣羨的目光，會不會像是給了太多糖，反而蛀壞了他的純

良？

「來了。」小珂趴在吧台，小小聲的說，「『十一號客人』來了。昨天他沒來，我還以爲他生病了呢……」

她停止自己漫無目的的冥想，望著十一號桌。有一間咖啡廳的桌子只有八張，左邊四張，右邊四張。爲了區分，右邊的是「十一、十二、十三、十四」，左邊就是「二十一、二十二、二十三、二十四」。

十一號桌最靠近吧台。

她昨天沒看到這位客人，這位十一號先生看到她時也微微一愣，卻只是點點頭，默默的坐在十一號桌，小珂快手快腳的拿起菜單招呼他。

晚上十點十五分。只有兩桌客人。當中一桌就是十一號，只有一個人。

他身上穿著合宜的西裝，帶著筆記型電腦。她瞄了一眼，不禁多看了一下。他們兩個人用的電腦是同一款的。有些重，卻什麼功能都在機器上，不用外接。

默默的，十一號把電腦打開，只是默默的瀏覽，偶爾打打字，安靜的像是不存在。他只點了一杯曼巴，一夜裡追加了四次。

「是個怪人。」小珂悄悄的跟沈靜說，「每天都十點多來，坐到打烊才回家。也沒帶人來過，就是一個人坐在那兒打電腦，跟他講話也只是嗯嗯嗯……聽老闆說……他在開店以後就天天這麼來了……」

「小珂，」她打斷聽不完的長篇大論，「十一號桌的曼巴。謝謝。」

並不是討厭小珂。相反的，她還滿喜歡聽他無心機的聒噪。但是這樣批評一個尋求幾個小時寧靜的人是「怪人」，她就像是說了自己一樣有些心刺。

「欸，小靜，妳是不是生氣了？」小珂送完咖啡有些不安，「我是不是又口無遮攔的說了什麼讓妳不開心的話？」

這孩子意外的心細。「沒有。」她微微一笑，刻意轉開話題，「爲什麼打了那麼多耳洞？不痛嗎？」

「這個啊？」他摸摸自己的耳朵，不太好意思，「這是……妳不可以笑我。」

她挑了挑眉毛。

「我和女朋友吵架，惹她生氣，我就打一個耳洞警告自己。」

他臉上有著幸福羞赧的笑容，「我們從國中就在一起了欸。她聰明又漂亮，是校花呢。我頭腦不好，不像她甄試上一女中……跟她一起的時候，我就發誓要對她好一輩子，可是妳看我，老是毛毛躁躁的惹她心煩，要不就爲了她和男生說話生氣……實在太糟糕了。所以我才打耳洞啊。因爲打耳洞很痛……現在我的耳朵沒地方打洞啦。我也很久沒惹她生氣了喔……」

幾乎是肅然的，她帶著敬意看著這個純眞的男孩子。誰也看不出來這樣時髦漂亮的男孩，會有這樣堅貞而純情的心。

「我不會笑你。這是很嚴肅的心情。」她溫和著。

「我就知道小靜不一樣。」他笑開了，「看妳的眼睛我就知道。我喜歡妳來當吧台。我喜歡妳。」

她微微悲感的笑了笑，突然有了祈禱的衝動。

* * *

早就知道，祈禱沒有用。

眾神根本不會聽人的祈禱。祂們高高在上，漠然的看著螻蟻

般的人類，任他們生死哀樂。

沈靜來上班一個月後，小珂終於存到那筆對學生來說，不可思議的天價，買了鑽戒興沖沖的去找女朋友，從那夜起，他的陽光就消失了。

他仍然每天來上班，仍然殷勤。只是他的笑是機械式的假笑，沈靜卻什麼也沒問。想說自然會說。他們認識的時間太短，要從何問起？再說，什麼也不必問了。

老闆娘倒是問了，小珂只是勉強笑了笑，「……她說，不是蒂芬妮的鑽戒她不要。」

沈靜只能默默，泡了杯熱可可給小珂喝。

隔了幾天，趕工趕到倦容滿面的老闆，突然走了出來。小珂才剛剛進店裡。

「小珂，你不用再來了。」老闆的語氣意外的嚴厲。

他的眼淚幾乎奪眶而出，卻倔強的抿緊嘴，將書包一揹就要走。

「你還揹什麼書包！」老闆冒火了，「曠課一個禮拜!?你當初來打工的時候我跟你說什麼？上課不可以遲到，課業不能夠耽誤。眞的功課很緊的時候，儘管請假，做不出來我這老學長可以幫你！我的工作室隨時可以借你用。你搞什麼？天天來店裡卻不去上學!?」

「……我什麼都做不出來！」向來溫和可愛的小珂大吼了起來，「沒有她，我什麼都畫不出來！我們說好了，將來要一起去廣告界闖蕩，就跟老大和小芳姐一樣！但是她不要我了，我爲什麼還要努力？我做不出來！我讀不下去了！我讀不下去了……我要蒂芬妮的鑽戒……我要她回來……」

他大哭了起來，「功課和她，我要她！老大……我會認眞打工的……但是我也要時間陪她……我不能沒有她……我們在一起四年了，四年了啦……我不要啦……我不要讀了……我撐不下去了……」他的哭聲和雨聲混在一起，聽不出誰比較潸然，「我已經沒地方打耳洞，讓她原諒我了……已經沒有了……我要休學！我要讓她知道，在我心目中，她比什麼都重要……」

「那就休學吧。」沈靜意外的表示了意見。

「小靜！」老闆娘很震驚。

她溫和的拍拍小珂，「人生隨時都可以重來。死挺過去也沒有意義……你有逃離的自由……當然也有回去的自由。」伸出手，「給我一只耳環吧。」

小珂淚眼模糊的看著她，困惑的。

「沒地方打耳洞，就拿下耳環吧。不戴耳環可以輕鬆一點點。你不覺得太重了嗎？」

他愣愣的想了很久。雨聲嘩啦啦的大了起來，一室的安靜。

「……曠課不是辦法。要念書要休學，都是你的決定。」老闆居然贊同了沈靜的意見。

「牧仁！」老闆娘不敢相信。

「他已經不是小孩子了。」老闆強橫的攬住老闆娘，「自己的前途自己決定。你我能替他活嗎？」

那天，「有一間咖啡廳」沒有小珂熟悉的身影。他孤獨的走入雨裡。「我要先想想。」小珂低語著。

第二天，沈靜收到一只熟悉的銀耳環，小珂辦了休學。

時光會帶走一切，包括憂喜。他的笑容慢慢陽光起來，雖然過了很久很久以後。

等沈靜收到第五只銀耳環，小珂的陽光笑容帶著一絲成熟和堅毅。

他不再談蒂芬妮和女朋友，也沒再拿下耳環。

那時候，他已經休學了半年。

「不回學校嗎？」沈靜已經變成有一間咖啡廳的風景，來往的人都熟悉她的存在，誰也想不起來她什麼時候來的，像是她本來就是「有一間咖啡廳」的一部分。

「嗯……我還不想回學校。」小珂已經變成正式員工了，閒暇的時候，跟著老闆和沈靜學煮咖啡和調酒。「以前我是爲了別人所以這樣那樣，我想要想想看，我自己到底要怎樣。去哪裡，到什麼地方。」他的笑容像是夏陽般燦爛，「這世界不是爲了蒂芬妮之類的東西旋轉。」

沈靜微微一笑，調了杯「藍色夏威夷」給他。

「乾杯。」他調皮的笑笑。

「請隨意。」她的笑意還是淡淡的。

那夜，燥熱的台北有著細細的蟬鳴。

她流利的打字，習慣性的傾訴。傾訴給電腦聽。

台北不是永遠都是雨天。也不永遠那麼寂寞。

隱隱的夏雷響起，她聞到空氣中的雨意。

雖然晴天總是短暫。但是總有晴的時候，雖然不多，雖然不多。

3. Chapter

11號桌的客人

「小靜呀，今天下午客人很多，能不能請妳來幫忙？」偶爾會接到老闆娘打來的電話。

「好呀。」她的PHS手機唯一會接到的，只有店裡的電話。通訊錄上不再空白一片，只有一個通訊號碼。「有一間咖啡廳」。

「太好了……」老闆娘笑了出來，「我剛又打錯電話號碼了。妳知道嗎？妳和劉先生只差最後一碼，妳是七，他是五。」

「劉先生？」她腦海裡一片空白。幾乎不知道所有客人的姓名，她也不曾問過。

「就是十一號桌客人呀！他也用ＰＨＳ……」

原來他姓劉。

他用ＰＨＳ，其實自己早就知道了。因爲他的手機和自己的一模一樣。和自己相同，手機上連吊繩都沒有，光潔著，什麼都沒有。

這麼說起來……他知道了自己的手機號碼，因爲自己也知道他的。純屬意外。但是她還是將這筆資料輸入通訊錄，莫名的。名字塡了「11」。

* * *

晚上十點多，他會固定走進「有一間咖啡廳」，經過吧台時，和她點點頭。沈靜會溫柔的跟著點點頭，然後動手煮曼巴。等小珂把點單拿過來的時候，她已經煮好了，等著小珂端過去。

來「有一間咖啡廳」的客人幾乎都找過她聊天，就是十一號桌的客人沒有。他們默默的相對著，一句話也沒有說過。

她一面忙著吧台，一面注意著十一號桌的動靜。大概十一點左右他會喝完曼巴最後一口的微涼，大約二十分鐘後，就會發現自己的咖啡喝完了，然後又點了一杯。

在那之前，她已經煮好了熱騰騰的咖啡，等著小珂送到他面前。

不讓渴望寧靜的人等待，是她小小的自私。

有時，他會突然頓了頓，注意到沈靜圍著跟他同樣的斜格毛料圍巾。然後點點頭，回到他的老位置。

沈靜也瞄到他也戴著老式勞力士的手錶，兩個人都戴男錶。

日子漸漸過去，她發現兩個人越來越多的相同點。

他穿著質料昂貴的西裝，卻不是什麼名牌。剪裁有些古意，看起來是上海老師傅的手藝。細心、保守，講究手工與一絲不苟。

他的指甲修剪得很整齊，打字時非常流暢優雅。

他們都拿著相同的ＰＨＳ的手機，提著相同的ＩＢＭ筆記型電腦。他低調不引人注意的眼神，擁有和自己相同的疲憊和洞徹。

一直沒有交談，就是這樣在或安靜或喧鬧的咖啡廳裡，共同存在著。每天喝她煮的咖啡，每天都會見面。

回到家裡，望著和他相同的電腦，閃動的游標是唯一的動靜。她敲打著今天的心情。

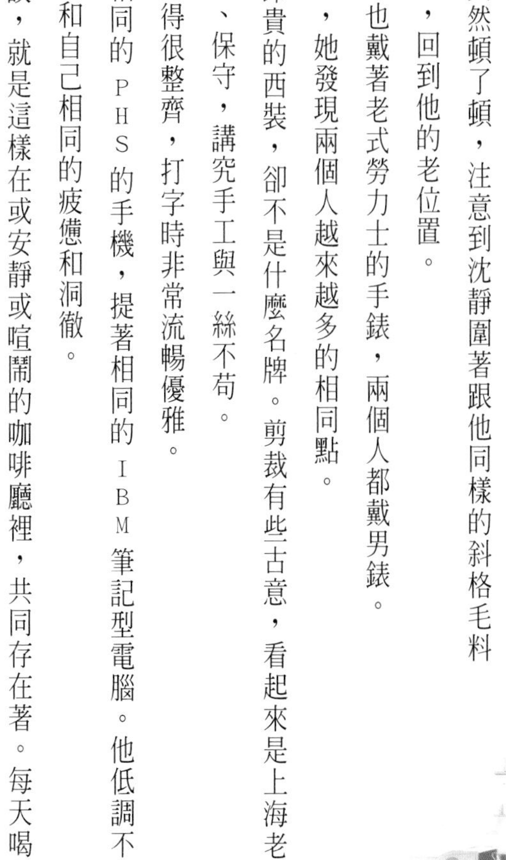

他姓劉。我只知道這樣。他是十一號桌的客人，或許是常客的關係，所以我會特別注意到他。

劉。

中國姓真是奇妙，總是有些同音字可以聯想。劉，留。他是一直留在咖啡廳裡沒錯，直到打烊。

但是，他沒有其他的地方可以「留」嗎？那我又有其他的地方可以「沉」沒嗎？

或許，又是一條不會溺於寂寞的魚，只是無處可去。

我也沒有可以回去的地方。除了有一間咖啡廳。

存檔，關機。ＰＨＳ的藍光一閃一閃，看了看時間，三點三十五分，凌晨。

越夜越冷，侵袖的寒氣讓她的手指有些僵硬。已經二月，春天照理來說應該來了。但是台北的春天，只在溼淋淋的杜鵑花上沉默的表示，不會帶來任何溫暖。

今夜沒有下雨，只有幾顆稀疏的星在厚厚的雲層間掙扎著，不一會兒，就讓陰霾吞沒。

她的心裡，雨下個不停，淅瀝瀝。

*　　*　　*

他們甚至連抽菸的牌子都一樣。ＹＳＬ涼菸。很少看到男人抽涼菸，但是他抽。抽得不多，卻若無其事的抽。

其他的常客也對這個人很好奇，有人竊笑著，「說不定是個Gay。」

「有根據嗎？」沈靜帶著合禮卻冷漠的笑容，「你的拿鐵。」

她的冷漠冷卻了準備起鬨的玩笑，摸摸鼻子，大家開始八卦政界緋聞。

洗著杯子，她卻不了解自己爲什麼要出聲。和人衝突是她一直避免的事情。

因爲是陌生人，所以沒有惡意。他們只是想在繁忙的工作中找到一點喘息的機會而已。會來這家店的，通常都是附近加班到很晚的上班族、應酬過後喝咖啡醒酒好開車回家的企業戰士，或者是找時間來談情愛或談生意的夜貓子。

她向來是一視同仁的。今天爲什麼反常的浮躁？

「喂！我明明要美式咖啡的，妳給我這麼小杯的 ESPRESSO 是什麼意思？看不起我是不是！」喝醉的客人拍著吧台破口大罵起來。

「老楊，別這樣……」和他一起來的客人慌起來，「你明明就是點 ESPRESSO 的……」

「通通給我閉嘴！」他一把抓起那杯 ESPRESSO，砸進了吧台，沈靜雖然沒被潑到，臉蛋卻慘白了起來。

跟他一起的客人把醉酒者拉開，剛好沈靜的手機響了，「對不起。」她低低的道歉，拿起手機，是一則簡訊。

「need help?」傳簡訊的人是「11」。

她和十一號桌的客人視線相接，他的眼中有著純粹的關心和焦急。

這麼一瞬間的打斷，她重新調整呼吸，止住了聽到聲音從廚房和工作室湧過來的同事。

「這位先生，請你不要生氣。」她順手倒了杯溫開水，「我馬上給你杯美式咖啡。因爲你一向都是喝 ESPRESSO 的，所以我疏忽了。實在非常抱歉……」

「我喝什麼妳會知道？」酒醉者還大吵大鬧，「妳說謊也打個草稿！媽的……」

深深吸一口氣，不要害怕……妳和他隔了一個吧台，而且他是陌生人，不會眞的傷害妳……

她拿出每天寫的工作日誌，「先生，我不知道您的名字。所以用『白金領帶夾』作代號。這是這個月的，還有上個月……您不是禮拜三來，就是禮拜五……偶爾禮拜一或四也會來……您習慣喝杯 ESPRESSO 醒酒……」

他一把搶去工作日誌翻著，除了每天的進貨和存貨外，她細心的在備註寫了每個客人的喜好和點的餐飲。

「……二月六日……白金領帶夾：ESPRESSO（果然這樣的濃度才可以。他喜歡重口味，所以下次記得萃取得久一點）……」

「……一月十六日……白金領帶夾：ESPRESSO（今天看起來不是太醉，所以沒那麼濃。咖啡因過重會睡不好）……」

「……一月四日……白金領帶夾：ESPRESSO（似乎對濃度有些意見……但是他沒說。只是皺了皺眉）……」

酒醉的他翻著工作日誌，羞愧突然湧上心頭，他哇的哭起來，「小靜！我……對不起……我不是故意找麻煩的！我什麼都沒有了……我完了！一切都完了……妳這麼留心我，我卻還……我不是故意的……我都這把年紀了，說失業就失業……我這幾十年的努力是爲了什麼啊我……」

「老楊，回去睡覺了。」老闆出聲，「不要沒事魯我的吧台好不好？失業又不是世界末日！老林，你們怎麼搞的？讓他這樣亂我的場子？」

「哎呀……」跟楊一起來的客人滿頭大汗，「不是故意的嘛。他心情不好，喝醉了。本來是拖他來醒醒酒……我們這就走……」會了帳就拖著痛哭的老楊落荒而逃。

「不要緊吧？」老闆關心的問，「小珂，你在幹嘛？就讓小靜被人堵著罵？」

「我剛送客人上計程車啊。」小珂也覺得委屈，「這麼晚了，女客人不安全嘛……我去記車號……」

「老闆，是我不好。」她低頭認錯，「我會小心的。」

老闆娘安慰的走到她旁邊，「……我在廚房也聽見他要點ESPRESSO。」

她淡淡的一笑，發現自己已經不怕酒醉的人了。

曾經聞到濃重的酒

味就發抖……現在她安全了。隔著吧台，她是非常安全的。

兩點十一分，凌晨。閃著藍光的ＰＨＳ看起來不再那麼冰冷。

十一桌的客人站起來，結帳。

這一天，終於過去了。

走回自己的居處，她望著時隱時現的月。打開ＰＨＳ，回訊息。

「Thank you.」

回給「11」。

* * *

開門，放下包包，開機，洗澡。

大樓的牆很薄，隔壁關門的聲音還是把她嚇得跳起來，險些在溼滑的浴室跌倒。

我很安全。是的，我在自己家裡，加了三道鎖。

她按住狂跳的心臟，顫著手打開門。

隔著飄動的窗簾，只有霓虹燈無知的嘩笑。她拉開那片水藍，窗台的魚看見她，吐著氣泡過來索食，咚咚的在玻璃缸裡發出輕響。

她默默的撒下鮮紅的飼料，鬥魚安靜的吃著。沒有打氣幫浦，也沒有水草。這兩隻魚居然活了這麼久。

當初會帶牠們回來，不過是看到水族館的老闆漠然的看著這兩隻裝在小塑膠杯裡奄奄一息的魚，準備丟進垃圾桶。

「快死了。」像是在敘述一件再普通也沒有的事情。

她買了這兩條魚，還有兩個魚缸。要死也希望牠們死在寬敞一點的地方，不要連最後的尊嚴都被剝奪。

快死的魚卻活了下來。多一點空間和飼料就夠了。

或許，魚不需要尊嚴。也或許，我從魚的身上看到自己。

我渴望死在自己的空間，而不是別人嚴厲強限的空間。結果我活了下來，自己也納罕。

我以為，離開那個城市以後，我會死。沒想到我不但活了下來，而且活得越來越不畏懼。

總有一天，我不會再聽到猛然的關門聲就跳起

來，也不再為任何靠我太近的人恐懼。

那天會來的。

ＰＨＳ發出藍光輕響著，她停下打字的手，拿起水藍光的手機。

「Never Mind.」是「11」送來的訊息。

望著短短的幾個英文字，她抱著膝蓋，默默的看了很久。她把訊息存進手機。

呆呆的與電腦螢幕相對，她想不出還要傾訴些什麼。因爲她此時的感覺和舉動，無法用文字表達出來。

存檔，關機。

她坐在窗台上很久，久到東方微微發白。

絕對不要跟他說任何話，絕對。誰都可以，就是他不行。因爲陌生才有善意的距離。

她珍惜這種善意。

* * *

像是一種默契，他們彼此沒有交談過一句話。

不知道什麼時候開始，當他發現小珂不再送沈靜回家以後，總是打烊後，在對面的7-11看報。等她出來，默默的在很遠的距離跟著，等確定她回到大樓，還遠遠的等她上了電梯，才沉默的走向相反的方向。

他不知道，沈靜會打開窗簾，望著高樓下的一個小點，直到轉彎而不見。

台北是溼的。冬雨之後是清明時節雨紛紛。乾沒幾個禮拜，又是梅雨季。

她倦於帶傘，卻在他追上來塞給她一把以後，再也沒有忘記帶。即使把傘讓給她，他還是沒有跟她說過一句話。

隔著雙重的玻璃，像是很近，其實很遠。遠到連說句話也不可能。只能默默的望著對方，默默的。

只是她不知道，在這個城市的另一個角落，深夜裡有個男子會打開筆記型電腦，像強迫症一般對電腦傾訴。

她今天也帶了。幸好。要不然不知道該怎麼辦。上回硬把傘塞給她，一定讓她很困擾了。

只是……看她的肩膀都是雨，有種自己也被淋溼的感覺。

自己都往不惑之年逐步邁進了，居然對個陌生女孩有這種浪漫的傷感，自己都覺得好笑。

陌生……也對。雖然已經看著她將近半年，她對我來說，還是陌生的。

我只知道大家都叫她「小靜」。但是到底是「小靜」還是「曉靜」，我不知道。甚至我不知道她姓什麼。

這些根本不需要知道。

對我來說，她就是破曉的寧靜。這麼多就夠了。

為什麼對個陌生的女孩有這樣的關心……難道是我的生活有所不滿足？

也不對。

不到四十就已經是頂尖科技的ＭＩＳ經理，有份穩定而薪水豐厚的工作。我喜愛且享受這種安靜的生活，對於情感和升遷都沒有妄求。

情感令人紊亂，人事鬥爭使人厭煩。與世無爭的生活是最好的。

我滿足現況。

停下打鍵盤的手，他望著自己記錄下來的文字，有種強烈的違和感。突然覺得「滿足現況」這四個字很刺眼。

但是他沒有修改，仍然存檔、關機。

望著漆黑的液晶螢幕，他想再傾訴些什麼，拿起ＰＨＳ手機。數百個電話號碼，他卻不知道這樣深的夜裡該找誰談談。

翻著翻著，他看到了「Peace」。那是他給那女孩的名字。

最後他沒撥電話給她，卻把之前存到手機裡的一幅圖片轉寄過去。

那是一個寧靜的山光水色。但是他知道之所以這樣寧靜，是因爲水太深太冷，沒有任何生物可以生存的關係。

無法解釋自己的舉動，卻來不及後悔已經發出去。

他嘆口氣，將長期失眠的自己丟在床上。望著天花板隱約的光影，手機發出輕輕的響聲。

拿起來一看：

「Deep & Cold.」，是Peace回訊給他。

微微一笑，卻覺得辛酸。

他終於睡著了。夢裡看到又深又冷的湖裡，有隻孤寂的魚游動的身影。

4.
Chapter

迷失的白金領帶夾

早上才下過猛烈的雷雨，將她從夏天的夢裡驚醒。下午出來買點小東西時，無情的太陽已經在鋼青色的天空獰笑，像是要將柏油路面烤融，冒出冉冉扭曲的透明。

剛從7－11走出來，陰森冷氣與烈日融融的劇烈溫差讓她微微的發暈，卻什麼抱怨也沒有的，拎著小小的環保袋前進。

沿路的樹剛修剪過，光禿禿的枝枒無法擋住熱氣。半暈眩中，國父紀念館的綠蔭森涼顯得分外有吸引力。

投幣買了飲料，手中的清涼驅散了不少暑意。這讓人厭煩的酷夏，僅留的綠蔭顯得分外珍貴，只是要提防被奔跑的孩子撞倒。

她沒被撞倒，只是手上的飲料掉在地上，又被踩過去。望著慘不忍睹的鋁箔包，家長敵意的看她一眼，卻連道歉也沒有。

這就是台北。她無聲的對自己說。將鋁箔包丟進垃圾桶，正考慮要買踩起來比較費力的鐵罐飲料時，已經有人跟她搶起自動販賣機。

她不喜歡搶奪，準備找下一台。

「小靜！我不是要跟妳搶……」叫住她的中年男子緊張的握著剛買的飲料，「……我只是想請妳喝一點東西。」

她慢慢的轉過身來，不可思議的望著眼前的男人。她在台北不認識任何人，即使住了半年，她還是只認識「有一間咖啡廳」。

誰也不認識她。不管在咖啡廳裡與她多熱絡，離開了吧台，沒人能在路上認出她來。

他是客人嗎？還是……

她的神情依舊泰然自若，掛著疏遠卻合宜的笑。誰也不知道她手心捏了一把冷汗。

盤算著逃亡路線，卻瞥見男人規規矩矩穿著的西裝，別著白金領帶夾。

想起來了。就是那個只喝重口味 ESPRESSO 的「白金領帶夾」。自從那一夜鬧事以後，他沒再來店裡。

要花一點時間才想起來他的姓，「楊先生。」她淡淡的笑，「好久不見。」

「小靜，妳還記得我？」他笑咧了嘴，「最近怎麼樣？好不好？有一間還好吧？老溫如何？小芳呢？」

「大家都好。」劇烈跳動的心臟緩緩的回到原位，她有些困擾的拿起那罐雪碧，坐了下來。楊先生也跟著坐下。

雖然保持著有禮的距離，還是讓她冷靜的臉龐，有著細細看不清楚的汗珠。

原來我還沒學會跟人接近。

清了清喉嚨，她不願沉溺在這種無謂的厭惡中，「楊先生，出來吃中飯？」

他浮起尷尬而窘迫的笑容，「……我還在找工作。」輕輕的說。

沈靜掩飾了一閃即逝的訝異，只是默默的喝著雪碧。「……抱歉。」

「爲什麼要抱歉？」楊先生疲倦的抹了抹臉，「又不是妳把我裁員的。」

兩個人沒有說話，沉默的一起看著奔跑嘩笑的孩子們。

「其實我……一直想跟妳說對不起。」他的聲音柔了下來，「那天我並沒有那麼醉。我只是……很憤怒。對公司忠實那麼多年……甚至公司決定裁員時，我還擔起這個吃力不討好的工作……」

他漸漸發怒起來，「得罪了多少同事才達成裁員目標，到頭來利用完了我，又把我一腳踢掉！我都快五十了，爲了公司鞠躬盡瘁到這種地步，居然因爲我不會用電腦，非多用祕書不可的理由，像是丟隻老狗似的把我丟出來！這是什麼世界？吭？到底還有沒有義理？吭？」

他慷慨激昂的破口大罵，像是要把半年來的失意一起發洩掉。沈靜只是靜靜的聽，專注的聽。

幫不了他任何忙，她也只會聽。偶爾注視著因爲他劇烈的大動作，閃閃發光的白金領帶夾。

聽說那是楊先生公司給高階主管的獎勵。當他拿到白金領帶夾以後，就驕傲的別在領帶上。四處誇耀著。

跟他一起來的朋友熱烈的慶賀，等他轉過身，卻竊笑著。

「看他還能得意多久。」

「被利用了還不知情的賣命。」

當時她只是聽著，不明白。她只知道這位楊先生的人緣不太好。

現在她明白了。

「……小靜，妳有聽我說話嗎？」他很衝的對她吼著，「妳聽懂了我說什麼嗎？」

她點點頭，「我在聽。」

望著沈靜專注而認眞的眼神，他像是洩了氣的皮球，「……我不能跟任何人說。」

像是解釋又像是抱歉。

「你有朋友，也有家人。」不像她，什麼也沒有。

「朋友？」他苦笑，「酒肉朋友不說也罷，等著看我出洋相。能眞心點的朋友，又都有了成就。不是經理，就是總裁……難道我還得聽他們數落，讓他們比下去？」

他的聲音漸漸低下來，「我……我對家人有責任。我不能讓他們知道我失業了。我不能……不能讓他們跟著我一起愁雲慘霧……我不能……」

所以，從失業那天開始，他每天還是照著上班的時間出門。搭著捷運到國父紀念館看報紙，在附近的麥當勞寫履歷表、準備面試。

剛開始的時候，他還是意氣風發的。他在金融界打滾三十餘年，經歷斐然。說什麼也有個高高在上的位置等著他。

但是……景氣低迷，他以往爲了達成目標，不擇手段的後果，漸漸的浮現出來。過去讓他整過、刮過、開除過的同事或部屬，不約而同的暗中使力，他什麼工作都找不到。

從非高階主管不可，到中級主管，甚至只是個櫃台員，他都沒有機會。

他憤怒、咆哮，然後惶恐、低沉。這兩個月他什麼事情也做不了，再也提不起興趣應徵，每天就是到國父紀念館閒晃、發呆。

「下雨呢？」她同情的眼光卻不讓他覺得被刺傷。或許他累了，開始渴望同情。

「……國父紀念館有展覽室。要不然，對面也有麥當勞。」他假裝輕鬆的笑笑，「現在我可是熟得很，妳若要看展覽，問我就行了，我可以當導覽了。」

她微微的笑笑，「我不想去。冷氣太強。」

楊垂下了肩膀，茫然的看著前方。「是呀，冷氣真的太強了。」他的鬢髮蒼白許多，像是蒙了雪霜。

這樣酷熱的夏天，居然覺得有些秋天的淒涼。

喝了一口雪碧，刺辣又甜的口感。「這是你的選擇，不是嗎？選擇要自己扛起一切。」

「我是不得已的！」他惡狠狠的抽了口長壽，「我累了……但是家人都只會寄生在我身上！」嗚咽了起來，「我這些年的儲蓄都當作薪水拿回去了……再撐也沒有好久……他們知道了以後……該怎麼辦？我該拿這個家怎麼辦？我真想逃走……」

「想逃就逃吧。如果這樣能重來。」沈靜漠然的望著前方。

「……他們是我的家人欸！」他用盡力氣吼了起來，「這是我一手建立起來的家！是，我卑鄙，我無恥，我總是應酬到很晚，對家裡的事情漠不關心……但是這是我家！我的老婆，我的孩子！我還是個男子漢，這個家本來就是我在扛的！你叫他們怎麼辦？如果沒有我，妳叫他們上哪兒找錢活下去？妳說啊妳!?」

他逼近沈靜，怒氣烈烈的對著她叫，「就我一個人好就好？他們不快活，不好過，我也永遠不能心安！他們是我至親的……這世界上唯一的……」他的聲音漸漸低下來。

沈靜仍然冷靜的看著他，微笑淺得幾乎看不見。「你不是有答案了嗎？你知道怎麼辦。我相信……」她喝完最後一口雪碧，「他們也認爲你是唯一的。唯一的父親、唯一的丈夫。」

他捧著頭，很久都不能開口。「……妳想，他們會不會看不起我？」

「看不起就看不起。」她站起來，把鐵罐扔進垃圾桶。「看不起又不會痛。不一定會這樣。」

承認自己是軟弱的、無能的？請他們忍耐，相信自己？這個世界……不是台北這個城市而已。

看不起？被嘲笑？這些都不重要。能夠爲家人盡心盡力，是他生命中最重要的目標。離開他們……他的存在價值在哪裡？

「對。」他含淚微笑，「看不起又不會痛。」逃走卻會心痛，永遠好不了。

他……現在不就正在逃嗎？逃開妻子欲言又止的詢問眼神，逃開子女擔心又渴望

的眼神。

沈靜呼出一口氣，微微笑著。

「謝謝。」他抬起頭來，「我現在明白了，爲什麼大家都喜歡跟妳聊天……眞的謝謝妳。」

「我什麼也沒說。」她提起袋子。

「小靜。」楊叫住她，「妳到底是誰？妳從哪裡來？」爲什麼每個人都喜歡跟她傾訴？因爲她總是會聽？

我是誰？她也暗暗的問自己。回顧往昔的記憶，她發現，她對答案沒有把握。

「我從來的地方來。」她回答。

聽到這樣的答案，觸動了他許久以前的憧憬。

「……妳要去什麼地方？」

「我要去的地方，人人都要去。」一陣燥熱的風吹過，揚起她垂肩的長髮，眼睛黑黝黝的，像是藏了很多祕密。

「《珍妮的畫像》。」他的聲音有些顫抖，「我看過的！《珍妮的畫像》！那部電影……那是一九四八年的老片子！妳……

妳……」

他曾經怎樣的為螢幕上的永恆少女流淚和愛慕！像是一個遠久的憧憬，跨越時空，前來為他解惑、安慰。

冉冉霧氣的公園，緩緩走來的謎樣美少女……他的眼睛模糊了。

「我不是『珍妮』。」她無情的摧毀楊的幻想，「我太老，太疲倦了。我只是你在『有一間咖啡廳』認識的吧台。」

甚至不算認識。

他眨了眨眼，看著酷暑下的國父紀念館。是，她不是珍妮。他也不夠才能當個畫家。

但是短短的一霎間，他似乎觸及了什麼。觸及了年少輕狂的所有回憶。在ＬＰ還是時髦玩意兒的時代，他牽著女朋友的手，一起看著《珍妮的畫像》，深情款款的對她說：「妳就是我的珍妮。」

他的女朋友成了他的妻，被多雨的台北與生活折磨出憂鬱與孤寂。

對著陌生的少女述說著痛苦，他卻忘記自己的「珍妮」。

「我知道妳不是珍妮。」他的嗓子啞了，「謝謝妳。我該回家了。」他走出幾步，又跑回來，「請妳收下這個。」

在他掌心閃爍的，是白金領帶夾。

「我不能收。」她有些驚慌。

「請妳收下……不，請代我保管。」他誠摯的上前，「總有一天，我會回到『有一間』。到時候……請妳看看我，看看我的家人。這半年來……我從來沒對人好好講過話，妳是第一個。」

他不會忘記這個下午。令人昏眩的台北酷熱午後，有個少女，靜靜的聽他敞開心扉。爲了一個陌生人，專注的聽他說話。

只是一個等於不認識的陌生人。她付出時間，和淡然的關心。

沈靜爲難的看著他。拙於爭執的她，默默的接過白金領帶夾。

「謝謝。」他如釋重負。

＊　＊　＊

晚上九點三十五分，她到了「有一間咖啡廳」。

口袋裡的白金領帶夾像是會燙人，猶豫了好一會兒，不喜歡主動開口的她，還是告訴了老闆娘。

「啊，妳終於也開始收到了。」老闆娘聳聳肩，「來，也該告訴妳保險箱的號碼。」

她領著沈靜到小廚房，在冰箱旁邊，有一個小小的保險櫃。

「密碼是：０２１。」她打開保險櫃，「第一格是老闆的，第二格是我的，第三格是小柯的，妳就用第四格吧。」

沈靜蹲下來，有些訝異的看著充滿小盒子小罐子的保險櫃。

「跟妳一樣，我們都收到客人委託的東西。」老闆娘笑了笑，一面翻撿著保管物。「其實……這家咖啡廳撐得很辛苦。房租太貴，生意又不是很穩定……」輕輕嘆了口氣，「但是爲了這些人，這家店說什麼也要撐下去。」

「客人會委託東西？」她從來不知道有一間還兼營保險箱業務。

「有一間是個奇怪的存在。」老闆娘無奈的搖搖頭，「台北人太寂寞，寂寞到無處可去，無路可逃。他們只能來這裡說說話，跟陌生人吐吐苦水。有時……他們會希望這個瞬息萬變的都市還有一點永恆。」

不管漂流到多遠，離開多久，回頭都可以看到熟悉的招牌，記憶把燈光變得更溫暖。

「這是一個得了產後憂鬱症的年輕母親託付的。」老闆娘拿了個裝滿紙條的玻璃罐給她看。「還沒準備好就生了孩子。每個禮拜只有回娘家的禮拜天，可以來這裡坐坐。她總是把痛苦寫在紙條裡，塞在吧台的玻璃罐中。後來他們移民，她把玻璃罐委

託給我，說孩子長大以後，她要跟孩子一起回來看。」

「這是一個富家太太寄放的。她先生生意做得很大，她卻沒事可做，總是來喝酒。等她先生生意失敗後，我才第一次看到她的笑容。她把這個鑽石別針託放在這裡，就跟她先生一起跑路了。」

一件件如數家珍的述說著，在有一間咖啡廳裡，各式各樣的故事上演。這裡的陌生人什麼也沒做，卻讓人託付一段過去、一段歷史。

總是傷心的比較多。

「這個？」她拿起小珂那格的一個糖果罐。

「呵……這是一個追小珂的小女生送的。」老闆娘噗嗤一聲，「才國小四年級呢！天天都跑來找小珂。搬家的時候哭得要死，硬把一條珠珠項鍊給他寄放。要小珂等她長大，她一定會回來的。」

沈靜唇角拉起隱隱的笑意，沒想到小珂有這

麼年輕的愛慕者。

「吭……老闆娘，妳怎麼又把人家的東西拿出來獻寶？」大男生紅了臉，「不要亂翻家宜的東西啦！小孩子也是有隱私權的勒。」

「家宜？」老闆娘挑挑眉。

「哎唷，就是那個小女生的名字嘛，妳眞是……喜歡我又怎樣？老是被妳嘲笑……」他愼重的把糖果罐放深一點。

「你覺得她會回來拿？她還會記得嗎？」沈靜仰起臉，有些不可思議。

「總是要幫她收著。」小珂揉了揉鼻子，「不管她記不記得，喜歡上我這麼棒的人，對她將來有幫助呢！我們以爲自己忘記了，其實都記得。總有一天，因爲喜歡過我，所以她會喜歡上另一個很棒的男生喔！談一場貨眞價實的愛……」他的笑這樣開朗，「所以我喜歡這份工作呀！」

我們什麼也沒做。她望著手裡閃爍的白金領帶夾。我們該做的就是，繼續讓有一間咖啡廳存在下去。

因爲有這裡存在，他們才能夠回來。

現在，才知道自己的工作不僅僅是工作而已。我們對別人而言，是一種溫暖的存在。

一杯熱騰騰的咖啡、小珂的笑臉、美味的食物、酷酷的老闆、溫柔的老闆娘……

和我。

或許，我們還是寂寞之洋的魚，但是我忘了，還能夠相濡以沫，即使將來會兩忘江湖中。

有些事情不會忘記。每個人……都需要相關聯想，回憶過去的點點滴滴。

這裡是個鮮明的標示點。雖然不知道能相聚幾時，卻被寄望能夠永遠存在下去。

我的工作，還是有意義的。

電扇嗡嗡的吹著。她不喜歡冷氣，把窗戶大開著，十四樓還有些涼爽的微風。雖然夾雜著廢氣，卻是這個城市的呼吸。

隔著玻璃缸與鬥魚對望。存在在同一個空間，就是此刻的意義。

寂靜的夜裡，有醉漢在唱歌、高空中飛機的模糊，還有救護車急駛而過。

混合在一起，就是這個城市的聲音。

她發現，可以帶著善意看著這個城市。或許髒、亂。或許嘈雜囂鬧，或許冷漠。爲了這麼美麗的燈光夜景，就可以原諒一切。

霓虹燈閃爍，將她蒼白的臉頰打上淡淡的紅暈。她傾聽，這個城市的心跳，還有這個城市的聲音。

* * *

在她不知道的時間，不知道的城市彼端，有個中年男子與妻兒抱頭痛哭。

他終於下定決心，到上海工作。妻子因爲兒女的教育問題，必須留在台灣。

「有一天……我會回來。」他對著妻兒說，「我會回到這裡，帶你們去有一間咖啡廳。」

如果沒有那夜與家人的坦白，他不知道自己擁有的比想像多那麼多。功成名就如許虛幻，他遺忘了身邊眞實的珍寶。

再高傲的白金領帶夾，也比不上妻兒寶石般的笑容。

飛機起飛，他從小小的窗望出去。台北像是裝著五彩珠寶的缽，當中有一個是他的家。

還有有一間咖啡廳。

總有一天，他會回來。帶著孩子太太去有一間。他要告訴小靜很多事情，希望喝他那夜沒喝到的 ESPRESSO。

一切都不會太遲。

沈靜不知道自己爲什麼要望向天空。初暗的傍晚有飛機飛過。

她凝視了一會兒，綠燈亮了，過街。她與陌生人摩肩擦踵，急急的趕到下個路口。

無所覺的與看報的人一起等綠燈，等過了馬路走向不同方向，才發現那人是「11」。

人潮分開了他們，

只能用眼神悄悄道別。

聚與散都不受控制。

過了一會兒，她的PHS輕響。「hi.」是他傳來的短訊。

「bye.」她回訊。

See you tonight.

其實沒有眞正的別離。因爲相聚是許多別離所組成。

她下了捷運站。

5.
Chapter

有一間的MENU

時序推到秋意深深的季節，台北的慶祝方式就是偶爾下一場雨。

酷暑猶在，只是陣陣的雨將溫度降了下來，提醒著，寒冷就要來臨，不要掉以輕心。

秋天就在幾場冷冰冰的雨裡頭，讓台北人穿上了薄薄的外套。

這樣初寒的季節，常常有客人爲了避雨走進有一間，這些陌生的客人通常會點一些menu上面沒有的咖啡。

「你們沒有愛爾蘭咖啡？」又有人嚷著，「喂，我要一杯愛爾蘭咖啡。」

老客人停下閒聊，饒有興味的等著沈靜的回答。

同樣的戲碼看了好幾回了，有的人聽其他客人轉述扼腕不已，終於可以親眼目睹，紛紛睜大了眼睛。

「對不起，」沈靜湧起抱歉的笑容，「本店的愛爾蘭咖啡煮得不道地，不方便獻醜。實在很抱歉……」

「不道地？不道地也沒關係啊。」新客人抱怨著，「妳看不看小說啊？這麼有名的咖啡都不會煮，開什麼咖啡廳啊……」

沈靜停了停，露出微微困擾的神情。「煮咖啡只要有器材就可以了。技術層面沒問題。只是……」

「只是什麼？」新客人不耐煩了。

「只是我欠了那一點眼淚。」

她美麗的手輕輕滑過雪白的臉頰，「愛爾蘭咖啡需要那點眼淚調味才正道。但是很抱歉，我沒有。」

老客人壓抑卻忍不住的嗤笑起來，新客人訕訕的，「……呃……那個……那就來杯拿鐵吧。什麼咖啡廳嘛，餐點只有一樣，點心也沒幾樣，連煮杯愛爾蘭咖啡都有那麼多的藉口……」

同樣的抱怨已經聽過多回了，沈靜還是抱歉的笑笑。

有一間的 menu 非常的簡單。打開來只有兩頁，尋常的咖啡以外，花式咖啡少得可憐。連調酒也是很普通的幾種，點心只有蘋果派和黑森林蛋糕，只供應一種餐點：本日特餐。

本日特餐內容是不一定的。只會寫在吧台的小黑板，這才知道今天有什麼吃的。

照理來說，這樣的咖啡廳太沒有

特色了，要在台北生存下去似乎不太可能。

但是來過的客人，幾乎都會再來。老客人常笑著說，老闆煮咖啡像是科學實驗，眞的拿碼表來計時。一匙一瓢都一絲不苟，煮出來的咖啡嚴謹而口味專一，只是得等很久。但是小靜卻總是這樣閒閒的，再忙也能優雅的在不同的咖啡中穿梭著，她煮的咖啡有她的味道。

滋味不是最好的。卻總是在微妙的酸與苦當中，藏著一點回味。

「小靜，」有時莫名其妙的點單，她居然也煮了出來。「鴛鴦咖啡？老天，妳到底是哪裡來的？這杯咖啡和我在香港喝的差不多！」

她的答案總是一樣的，「我從來的地方來。」

「那妳要往哪裡去？」老客人會打趣她。

「我要去的地方，人人都要去。」她端上咖啡。

明明知道她的回答會一樣，老客人還是喜歡這樣問她。這群已經過了不惑之年的中年人，在她的回答裡，找到過往曾經有過的記憶。

是啊，他們都很疲憊了，疲憊得幾乎舉不起手臂。少年時代的輕狂都已經成爲歷史，往往會想不起來。但是沈靜這樣不知道年紀來歷的女子，卻像是五〇年代歸來的少女。

嫻靜不多言，眼中藏著許多祕密。像是他們都看過的《珍妮的畫像》，有人眞的送了一幅珍貴的老海報給她，她也愼重的掛在吧台旁的牆壁上。

她是有一間咖啡廳永恆的風景。聚集在吧台，他們望著她的時候，各自找到自己渴望的想像。

「十一號桌，曼巴。」小珂精神十足的把點單拿上來，也默契的接過沈靜剛煮好的咖啡，「還有，二十四號桌點長島冰茶。」他小聲的囑咐，「她已經喝了兩杯了，這杯的酒調淡一點，我怕她醉死。」

沈靜遞過去一個了解的眼神，開始調酒。

他又忙著走到後面，告訴老闆娘要一份本日特餐。

有一間的夜裡，多半是這樣的忙碌。

但是有時風狂雨急，咖啡廳裡冷冷清清。除了一定會來的十一號桌客人，就只有小珂和她在。

「來吃吧。」小珂把老闆娘精心燉煮的紅燒牛筋端上來，「妳到底有沒有吃飯？妳比當初來這裡的時候瘦好多。」

「我幾時來的？」她含笑，溫順的坐下來，讓小珂幫她佈碗盤筷子。

「呃……這個……」小珂愣了一下，他幾乎想不起來沈靜什麼時候來的。像是她一直在這裡。

沈靜笑了笑，拿起湯匙。

她到有一間咖啡廳，已經快一年了。這麼長久的觀察，有些事情不用說也知道。

老闆開這家咖啡廳不見得賺到錢。不過是喜歡喝咖啡和美食的老

闆，貪圖一點咖啡廳的靜謐罷了。所以，他總是下午兩點就來開了門，靜靜的在空無一人的咖啡廳裡煮咖啡，等著老闆娘煮飯給他吃。

但是只煮一點點不是那麼好吃，老闆娘才多採買了食材，花了許多工夫張羅，讓嘴刁的老闆也能吃得眉開眼笑。

所以才有每日特餐。那不只是一份特餐而已，還包含了老闆娘沒有說出來的心意。

偶爾老闆娘煮了比較罕見的好菜，也會打電話叫她來吃。在充滿陽光的咖啡廳，滄桑的藍調音樂裡，三個人靜靜的吃飯。

吃完飯，老闆會煮起嚴謹的咖啡，第一杯一定是給老闆娘的。

這也代表他默默卻溫柔的情意。

這種安靜的相愛，讓局外人的沈靜，也覺得溫暖。

有時望著老闆娘忙碌的身影，她會忍不住的想著。做菜有職業級的水準，繪畫又直擊入人心——有時候畫商會前來遊說，她才知道老闆娘少女時代也曾經是畫壇新銳。幾乎老闆會的，她也都會。學過室內設計的她，將有一間布置得溫暖有品味，牆上掛了幾幅老海報和她自己的畫，煥發出一種憂鬱卻親切的滄桑。menu 是她親手設計的，咖啡廳的一切都是她在打點。

如此聰慧的女子。

她怎麼會甘心，只當老闆的影子呢？她忠心的、甚至是虔誠的，站在老闆的身後，打理他的咖啡廳，當他廣告設計的助手，煮著一頓頓的菜。

和老闆一起熬夜，然後在丈夫還在酣眠時，悄悄的起床，出門採買食材。閱讀沈靜前夜寫的工作日誌，查點咖啡豆和酒的存量，叫貨、記帳、到銀行存款或提款。

丈夫起床以後，她又要忙著打理咖啡廳，還必須當丈夫的助手。

她怎麼想的？愛情這樣偉大，偉大到能夠將自己的一切渴望都掩蓋，還是她已經沒有任何企盼了？

或許她是幸福的。但是這種幸福的後面，卻是多麼感傷的殘忍。

沒有自我的殘忍。

十一號桌的客人抬頭，讓神遊物外的心神收斂。她走進吧台，開始煮曼巴。

她再也沒有比這杯曼巴更重要的事情，在這個時候。她不要回頭望過去。不再回頭望沒有自我的過去。

* * *

在這裡這麼久，沈靜只見過老闆和老闆娘吵過一次架。

老闆娘渴望很久的加拿大之旅終於成行，但是老闆卻執拗的非要她辦國際漫遊不可。

她耐心的解釋國際漫遊太貴，「每天我都會打電話回來。」

找遍了一千種理由，老闆變臉了，「我要馬上能聯絡上妳。不管是什麼時候……爲什麼不等我的案子做完？做完我們就可以一起去了。」

「你的案子永遠做不完。」第一次聽到老闆娘揚高聲線，「十天而已，會怎麼樣呢？我綁在你身邊已經十年了，難道十天的自由也不能給我？」她憤怒的轉身，「好，我不去，我哪裡也不去！」

總是冷著臉的老闆，從背後抱住她，將臉埋在她嬌小的肩膀上，不管他們這些員工還在。她和小珂都把視線轉開，專注的洗著杯子，像是洗杯子是個神聖的使命似的。

「你……我又不是走出這個門就不再回來。」老闆娘哭了，「除了這裡，我還能去哪裡？」

沉重的沉默壓在有一間咖啡廳，只有水龍頭的流水嘩啦啦的響。

終究老闆娘還是去了加拿大。

臨行前，老闆娘試探的問，「小靜，每日特餐可不可以麻煩妳？」

「對不起。」她歉意的笑笑，「我不會做菜。」

這是一句謊言。她在心裡暗暗的嘲笑自己。是的，這是一句謊言。

反常的，十一月卻有著夏天的晴朗。她在溫暖的冬夜裡，朝著電腦打字。

我知道，這樣的好天氣只是一種偽裝。讓人們以為冬天不會太冷，但是往往都會相反。

越晴朗的冬陽，只會讓寒流來襲時，更覺得無法忍受這種劇烈的溫差。

所以，看到越美好溫暖的感情時，總是會先想到失去之後的醜惡陰冷。

我不會做菜？我會的。

曾經有人費過心思請廚師教過我做菜。我做菜的技巧大概也可以當廚師了。

不，我不想再為任何人做菜。我累了。做菜的人總是在等待，等待著有人回來吃飯。守著幾盤菜，一日三餐，洗過一頓頓的餐盤，這樣就是一生。

我已經離開了。既然離開，就不會再回來。

所以，我不願意再為任何人做菜。連煮給我自己吃都不願意。台北不是個令人食欲大開的城市。若不是為了維生，我沒有吃飯的欲望。

這樣很好。我對這樣的孤獨，很滿意。

* * *

沒有每日特餐，老闆幾乎也不太吃什麼。他抽很

多的菸，喝很多的咖啡。

老闆娘出國的第二天，老闆打電話給沈靜，請她下午兩點就來上班。

白天的有一間是沒有客人的。沈靜幾乎都只是靜靜的擦著杯子，然後煮咖啡給老闆喝。

老闆娘不在，他連煮咖啡都沒有動力了。捧著沈靜送進來的咖啡，怔怔的望著香菸的裊裊發呆。

只有每天老闆娘打電話回來時，他才像是活過來了，其他的時候，像是靈魂跟著她走了。

這樣依賴著一個人，是幸福還是不幸？沈靜有些憐憫，卻什麼也沒說。

老闆娘回來那天，老闆臉上燦爛的笑說明，他是幸福的人。只是，沈靜經過廚房時，卻看到老闆娘對著牆上的鏡子喃喃自語，「我是幸福的……我是幸福的……我是幸福的……」

不知道爲什麼，這樣的場景，讓寒冷更寒冷。

默默的回到吧台。這天，像是加拿大也跟著老闆娘一起回來，這些日子的晴朗，像是一個謊言。冷到讓人想不起夏天的模樣。

寒流初襲，咖啡廳裡冷冷清清。老闆和老闆娘都提前走了，只剩她和小珂。連十一號桌的客人都沒來。

不安的看看十一號桌，她忍住發簡訊的衝動。提醒著自己，他只是一個客人。

十二點零五分。過了午夜，寒氣侵襲進原本溫暖的咖啡廳。

「要不要提早打烊？」小珂打了個呵欠，「看起來是沒有客人了……」話還沒說完，風鈴輕輕響動，穿著風衣的十一號桌客人，憔悴的走進來，挾帶著風雨的氣息。

她像是看到《北非諜影》。

默默的和沈靜點點頭，如常的坐在老位置上。但是他神情灰敗，走路都有些不穩。一開口的沙啞，沈靜確定他大概生病了。

「今天不要咖啡。」小珂悄悄的對她說，「他要一杯溫開水，問我們還有什麼吃的……但是老闆娘走了呢。我幫他泡個麵好了，他說他發燒了一天，什麼都還沒吃哩……」

將溫開水倒給他，「小珂，你餓了嗎？」

「啊？」他有些摸不著頭緒。

「我餓了。」她拿起老闆娘的圍裙，「我要煮點稀飯當宵夜，你要吃嗎？」頓了頓，

「也問問客人要不要吃好了。」

走入廚房，重新拿起鍋鏟。其實，也沒想像中那麼沉重。牆上的鏡子映出自己的臉，像是帶著一點點的嘲笑。

「這是我自己要吃的。」輕輕的像是在爭辯，「我不是爲了誰，這是我要吃的。」

廚房裡只有寂靜回答她。

煮了香噴噴的鹹粥端出來，小珂開心的吃了好幾碗，憔悴的十一號客人，臉上也出現笑容。

「Menu 沒有這道。」他灰敗的臉重新出現血色。

「啊，先生。」小珂笑了起來，「有一間的 Menu 不是只有看得到的這些而已。還有很多看不見的。只是沒有寫出來。」

無心的話，卻在兩個人的心裡泛起小小的漣漪。

走回家的時候，她聽到身後很遠處傳來壓抑的咳嗽聲。忍不住回頭，隔著馬路，

他們的視線相對。

許多無法說，不知道如何說的話，就在這短短的一秒鐘相顧裡傳達。她露出溫柔的微笑，卻有幾分悽苦。

隆隆的聯結車從他們之間開過去，遮住了彼此的視線。等車子開過，她往前走，沒有再回頭。

身後熟悉的腳步聲卻讓她有流淚的衝動。進了電梯，在門闔上以前，她深深的低下頭，向遙遠的他答謝。再抬頭時，漸漸合攏的門將他困窘卻放心的微笑慢慢關上。

開門，打開電燈。她坐在窗台上，俯瞰著屬於他的那個小點漸漸的消失在轉角處。

知道，卻什麼也不能做。那是一個絕望的

迴圈，幸福或不幸福都同樣的絕望。

她以爲自己會哭，結果是冬雨啜泣了一夜。

不管是現實還是夢裡，點點滴滴的縈迴著，揮之不去。

6. Chapter

冷藍調的PHS

回來台北超過一年，她的手機還是乾乾淨淨，只有兩個電話號碼。一個是「有一間咖啡廳」，另一個是「11」。連小珂的手機號碼都沒有。

接到電話就知道是老闆或老闆娘找她，其他的時候，發冷藍光的PHS保持著令人安心的沉默。

偶爾發出輕響，只有「11」會傳簡訊或寄信給她。

一直很好奇，十一號桌的客人怎麼會知道她的e-mail address。也沒有告訴過誰，但是他就是知道。

收過幾張圖片和極短篇後，她發訊息回去。

「How to know my address?」

沉默了兩天的ＰＨＳ終於傳來他的回答，「Sorry.」

她很聰明的沒有再問下去。雖然等同冒犯她的隱私，她並沒有生氣，反而溫柔的笑笑。

若是別的人，她一定會轉身逃走的。從來不願意別人注意到她、侵犯到她的領域。所以才刻意的避開所有的爭執糾葛。

但是……他是不同的。

雖然一再的告訴自己，沒有什麼不同。他是個熟客，對的。就是這樣而已。或許在他身上嗅到相同的味道……但是也不代表什麼。

她已經太疲倦。疲倦到無法仔細思考。

或許，他們戴著相同的錶，圍著同樣花色的圍巾；用著一樣的電腦，在有一間咖啡廳裡共同存在；抽著相同的菸，嗜好著相同的咖啡。

甚至用了一模一樣的ＰＨＳ手機。

他們在不一樣的時間醒來，在城市的不同角落生活；跟不同的人交談，做著不一樣的工作。這一年來，他們甚至連一句話也沒講過。

甚至不算是相識。

她望著窗外的雨，托著腮。離上班的時間還早，她已經沒有地方可去，只好在附近的麥當勞等著時間過去。

晦暗的天空很低很低，像是台北的哭訴已經無法承受重量，低低的壓到每個雨點上面，低低的哭泣又哭泣。

爲什麼台北有這麼多眼淚？

眼睛看著低霾的雨色，她像是穿過所有的雨幕，視線停留在遙遠的一點虛空。

她在餐紙上不斷的胡塗著，許多雨滴放射狀的排列，居然像是花瓣一般，有種喧鬧的歡樂。

輕輕一拋，就消失在垃圾桶不見。

* * *

雖然沒有人打電話給她，ＰＨＳ還是跟著她到處行走。發著冷冷藍光的ＰＨＳ，像是一個小小的窗戶。

她在上面看新聞，看笑話，玩心理測驗。反覆的看著「11」寄來的信件。雖然有手錶，她還是習慣性的瞄瞄手機的時間，醒來第一件事是看看手機，才能確定現在是什麼時候。

陰霾的台北常常看不出是清晨還是午夜，一點陽光都沒有。

沒有室內電話，沒有網路線，沒有電視。她想要收收信，上上網，全靠這隻發冷藍光的ＰＨＳ。

住在台北一年，她的身外之物沒有增加多少。衣服就是那冬天四套，夏天三套。掛在牆上就可以了，連衣櫥都沒有買。

孤獨的在台北生活，什麼都沒有。只有自己的魚，和一隻寂寞的手機。ＰＨＳ如此寂寞，離開台北就再也收不到訊息。再也不會有其他手機更適合她。一隻寂寞的手機，和自己。

看到一件很美的洋裝。在沉重的冬雨中，煥發著春天歡笑的氣息。每天都會去看一看，當作打發時間的行程。

其實我的口袋不是沒有錢，那件洋裝也沒有貴到買不起。只是……為什麼？若我要離開這個城市，多件洋裝只是讓行李多點重量。日積月累，身外之物越來越多，就會越來越走不開。

我已經拋棄一次所有的珍愛，再也不想重來。

這樣很好。當我想離開的時候，只要打開背包，將衣服塞進去，提起筆記型電腦，隨時都可以走。小珂已經答應幫我照顧魚了，什麼牽掛都沒有。

之所以我還在這裡，不過是因為還沒有非走不可的理由。世界如此廣大也如此狹隘，地點不同，但是驚人相似的事情，卻在每個地方相同的發生。

既然如此，我何必走？我真正要去的地方，人人都會去。在命運的號角還沒響起前，我安於此。

或許是誰也不追問我

的來歷。善意的緘默，所以，我還在這裡。

又下雨了。她曲著膝蓋，打開ＰＨＳ，晚上十點五十八分。她從來都不喜歡休假，但是老闆娘堅持員工都要輪休。

聽著含混朦朧的雨聲，她曾經多麼討厭台北的雨。討厭到渴望快快離開這個污穢混濁的城市，尋找永遠陽光普照的天堂。

只是她忘了，陽光普照的所在，不一定是天堂。或者說，天堂根本不存在。

豔陽只會灼傷皮膚，曬枯心靈裡的每一點滋潤。她終究還是逃回台北。像是切枝的花，因爲沒有根，只能窘迫的待在被雨浸滿的這裡。

淅瀝瀝，淅瀝瀝。聆聽著。覺得冷卻沒有力氣站起來加衣。疲乏的躺回床上，被窩有著潮溼的寒冷。

有人不適合休假，比如她。

＊　＊　＊

等待著，可以到有一間上班。

她的生活已經簡化到什麼也沒有。冷漠的台北人，都守禮的看著自己的鼻尖，不去妨礙別人的視線。她在這個租來的地方住了一年，不認識任何一個鄰居。

有回憐憫小朋友太矮按不到電梯，問他要到幾樓，提著大包小包跟在後面的媽媽狠狠的瞪她一眼，很大聲的對小孩子說，「告訴你不要跟陌生人講話，你不怕被綁架？」

她並不覺得被冒犯，反而覺得安心。這代表她可以理直氣壯的漠視任何人，而不會被良心苛責。不管是多麼小的小孩都一樣。

台北是這樣冷漠卻安全的地方。

但是，這麼安全的地方，她卻沒有地方去。每天只能睡七個小時，上班只有短短的幾個鐘頭。扣掉這些時間，其他的時候，她覺得難熬。

她是個笨拙的人，連玩線上遊戲都會困窘。別人跟她說安安，她卻連回答都不知道該怎麼回答。一開始還覺得很困惑……

等明白了以後，啞然失笑。但是她還是維持每天固定殺兩個小時的怪物，玩了很久還是讓怪物追著跑的命。不是爲了好玩，而是她不知道該做什麼。最少玩線上遊戲的時候可以消磨一些空白。

只是謀殺時間，卻不是爲了快樂。

她最想做的事情，卻無力去做。拋棄過去的時候，她就決定不再說故事了。她累了，很累很累了。她想休息。

但是休息竟然這樣的無聊孤寂。

她只能玩著ＰＨＳ。望著藍藍的冷光，一則則不好笑的笑話，無意義的發笑；玩著一點都不準的心理測驗，測驗著自己也不認識的自己；看著別人的胡說八道。

其實應該看書、看報紙。以前她就很想進修，但是現在卻沒有力氣去做任何事情。

都是雨的緣故。她跟自己說話，都是雨的緣故。這樣陰冷的雨，足足要下上好幾個月。等夏天的時候，還常常有突襲的大雷雨，轟隆隆。

叫人什麼地方都不想去。

她只期待趕快到上班時間，她可以聽別人說話，每個人都像是一本書，她只需要聽。

在網咖瀰漫的菸味中，她抬頭，望著不遠處的有一間咖啡廳。再一個小時就可以去上班了，而她已經殺了第九十九隻白骷，也死亡了五六次。再殺九十九隻，她就可以升到十九級，可以拿凌風劍。

那個時候，她也可以走進有一間，迎接著今天會有的新故事。

有人不適合休假，她特別不適合。

* * *

城市的另一隅，有個男人在家裡殺怪物。他望著螢幕上的白骷，覺得有點疲倦了。

今天是假日。他討厭休假。

假日他不知道該去哪裡，以前這個時候，他會動身到有一間，從下午兩點一直坐到打烊。

自從那個不知道是「小靜」還是「曉靜」的女孩不會出現在白天的咖啡廳，他突然失去了動力。總是等夜幕低垂，如常的時間，他才會走進去。

她和夜晚、有一間咖啡廳，是息息相關的。連台北的雨，都伴隨著她的聯想。他無法解釋，也不想解釋這種過度的關心和注意。他也沒辦法控制自己發短訊和信件給她，並且珍惜她寫的短訊和短信。

之所以會玩線上遊戲，只是來往的短訊中，她淡淡的說自己玩線上遊戲殺怪物連同殺時間。問她是什麼遊戲……

她說，「傳奇。」

其實，她也算是一則神祕的傳奇吧？沒有人知道她從哪裡來，也沒有人知道她的來歷，她的年紀，她的出身，沒有人知道。

所以他也跟著殺怪物兼殺時間，下意識的看著千人一面的模擬人物，猜測哪個是她。看到有女主角色遇難，總是忍不住去救。

因爲說不定下個拯救的就是她。

點起菸，他望著虛空，等待人物回血。

他有工程師堅忍不拔的毅力，當執意要做什麼以後，就會忍受極度無聊的做到最好。現在他的等級已經很高了，出手救人已經不算什麼困難。

他在等一個叫「淚下」的女玩家重生回來。她傳訊告訴他，還有一個小時的時間得謀殺。若是可以的話，她會回來。

因爲不能把他一個人丟在滿是怪物的地方。

一個叫淚下的女人。想到的只是「淚如雨下」。多麼台北。

其實他不怕這些怪物。被殺死了，就會在城鎮重生，多麼簡單。人生不能重來，線上遊戲可以。

但是她執意如此，也感佩淚下的堅持，他靜靜的等。他也還有一個小時的時間需要謀殺。

等她回來，他按熄菸。繼續並肩殺怪物。殺殺殺，殺殺殺。他們殺的是什麼？難道不是自己的心魔？

如果孤寂可以這樣殺害就好了。

「我得走了。」她傳訊，「該去上班。」

「明天妳還來嗎?」回訊，「很難得找到這麼有默契的戰友。」

「來。每天這個時候，我沒別的事情好做。」

七點半到九點半，她的時間這麼固定。就跟自己一樣。

「我怎麼聯絡妳?」他輕嘆一口氣，「這遊戲沒有好友上線通知。」

猶豫了一會兒，告訴他一個PHS的e-mail address。

他呆住了。「小靜?還是曉靜?」

游標閃了好一會兒，一隻白骷找到他們，他們轉過身默契十足的殺死了那隻怪獸，卻沒辦法殺死曖昧的沉默。

「小靜。」她終於回答。

虛擬的她消失，化爲一道光影。

他不知道，城市的彼端，有個女子在網咖嘩的豔紅了臉。

她叫「小静」。

早該猜到了。老闆娘叫「小芳」，外場叫「小珂」，她，當然叫「小靜」。

只是「曉靜」比較適合她。

一看到e-mail address，我倒是嚇了一跳。我當然知道，她也玩這個遊戲，只是我沒想到會真的遇到她。

淚下。淚如雨下。一點都不令人意外。多麼像她會取的名字。

其實，我不該知道她的e-mail address。只是有回結帳錯拿了她的手機——一模一樣的PHS是容易拿錯的——走到樓梯口就發現拿錯了，卻忍不住看了她的信件抬頭。

雖然馬上拿回來換過來，她也沒發現，但是e-mail address卻忘不掉。

就這樣，我知道了她的e-mail address。

這是不應該的。為什麼會這樣侵犯別人的隱私……

我不知道。

他望著螢幕上閃動的游標，又點了一根菸。

今天還要去有一間咖啡廳嗎？只抽了兩口的菸，就按熄在菸灰缸。

爲什麼不？他是習慣束縛著的動物，並不比虛擬的怪物好多少。

大家都被制約著。怪物撲向人，渴求血肉。他走向有一間，貪慕一些不屬於自己的溫暖。

他穿上外套。

*　　*　　*

表面上，一切都沒有改變。

他們還是沒有交談，連線上偶爾的傳訊都停止了。每天七點三十分，沈靜就會接到他的ＰＨＳ短訊：「on line?」

她回：「go.」

沉默的並肩殺怪物，就只是戰友。

什麼都沒有改變。

但是心情低沉的休假日，接到一封寄到ＰＨＳ的圖，讓她愣了很久。

那是模仿線上人物的女道士，只是面目酷似自己。簡單的黑白素描，卻將她那股不願意承認的孤寂，描繪的惟妙惟肖。

畫裡的眼神，這樣的茫然失焦。

握著ＰＨＳ的手機，那幅圖只有四分之一個巴掌大，怔怔的望著望著，像是有人伸出手，輕輕拍了拍「孤寂」的頭。

我知道妳在那裡。

今天台北沒有下雨嗎？爲什麼玻璃窗一片模糊？訝異的摸摸自己的臉頰，乾

涸了這麼多年，終於恢復淚下的方法了？

她已經好久好久都沒哭過了，今天是爲了什麼？

眼淚一滴滴的滴在冷藍光的ＰＨＳ上面，她大哭了起來。

今夜沒有下雨，讓我代替台北哭泣。

像是要把長年的鬱積一起洗滌，她用盡所有力氣的哭了又哭。

終於可以了。這麼多年，她一直想盡辦法恢復的能力……終於可以了。

她可以淚如雨下，她可以。

這一夜，如許的寒冷，卻沒有一滴雨。有個女人，代替台北哭泣，點點滴滴直到天明。

7.
Chapter

愛說故事的人

白花花的冬陽，有氣無力的照在西門町的石板路上，剛過十二點不久。屬於西門町的繁華熱鬧，還沒有來。

微風吹著乾枯的街樹，嘩嘩然。還沒有甦醒的西門町，店門幾乎都關著，像是還沒張開眼睛。

她坐在戲院的台階上，在抽菸，剛剛看完「雙瞳」。

很久沒看電影的她，突然被觸動了心腸。編劇的名字這樣熟悉……

她可以說，她忘記過去。但是許多人名像是用刀子刻在心裡，結了疤，翻捲著暗紅的血肉，說什麼也忘不了。

所以，她來了。在昏暗的電影院裡專注的看著虛幻的悲歡。

從昏暗中走到陽光下，有種恍如隔世的感覺。

靜靜的抽著菸，沒有焦距的看著滑板少年。這群孩子板著臉，一次又一次的滑行、旋轉，試著跳過五個滑板的並列。

在這群冷漠著臉的少年少女中間，她看起來是多麼格格不入。

不過，這樣的冷漠很好。

她不認識誰，誰也都不認識她。很好。她是個安靜的存在，只有裊裊的白煙伴隨著。

當那群孩子有人注意到她，坐到她身邊時，她有些不可思議的望著那孩子好一會兒，才發現，是小珂。

離開了有一間，她恐怕連老闆都要認半天。

「夢遊啊？」依著她坐下來，「小靜妳在幹嘛？發呆這麼久。不去玩，在中午的西門町發呆？」

她笑笑，接過了小珂遞過來的雪碧，「我剛去看電影。」

「雙瞳喔？」他瞥了瞥身後的電影院，「拙死了，爛電影。什麼眞愛不死嘛！漏洞一大堆，不知道編劇在搞啥飛機……」

她笑了。連粗心大意的小珂都看出漏洞。

「就是漏洞多……所以，可以來拍個續集。」或許是冬陽烘暖了她的心情，寡言的她願意多聊幾句。

「還有續集啊？」小珂笑了，「該死的都死了，還有什麼續集？」

「死亡，是另一個故事的開始。」她突然湧起刻意遺忘的，說故事的渴望。

「哦？」

「你不覺得疑問嗎？一個常居病房的小女孩，是怎麼跟高學識高社經地位的金主搭上線的？犧牲者的選擇來源，居然是報紙這樣惡劣的大眾傳媒？而且這幾個犧牲者，都跟政治軍火多少扯上一點邊……能夠拿神異事件就唬過去嗎？」

小珂被問得一愣，「這個……」他隱隱約約覺得不合理，卻沒辦法像沈靜這樣整理出來。

「所以，老教授過世以後，他一個寫言情小說的學生去探望師母。那位女作家幫忙整理遺物時，看到了這個有趣的檔案夾。師母大方的送給了她，她一面閱讀，一面勾起了疑問與興趣……」

當她在說故事時，那個冷漠自持的沈靜不見了。酡紅著雙頰，她這樣忘情的編織著莫須有的情節。

聽她說故事的人，也一起跌入了事實上不存在的漩渦。隨著女作家的腳步，他們一起抽絲剝繭，一點一滴的揭開驚人的內幕。當「成仙」只是一個幌子，有著雙瞳的女孩不過是被人操弄的傀儡，在背後斯文乾淨微笑的，居然是擁有慈悲美名的政治家。這一切不過是軍火商清除異己保障權利的手段……

每個人都屏息了。

等沈靜嗆咳了一下，清醒過來，發現她的四周圍滿了人。每一張臉都是期待。少年的冷漠不見了，來看電影的孤寂少婦微張著嘴，每個人，都沉浸在自己編造的故事裡面。

「後來呢？」中年男子問，眼中有深深的著迷。

「前面我沒聽到。」有人低聲焦急的問，「前面是怎樣？」

「別吵啦，等等我跟你講……嘿啊，後來勒？」

小珂拉拉她的衣服，趕緊遞上她還沒動過的雪碧，「小靜，喝一口……後來她怎樣啊？那個人面獸心的傢伙怎麼肯承認的啊？」

說故事的感覺，如此令人沉醉。她……不是爲了逃避說故事的宿命，才逃到雨瀟夜哭的台北嗎？

抬起頭，天陰著。爲什麼不下一場雨，好讓我不必再說下去？

「小靜！」小珂搖著她的手，「急死人了，後來呢？」

後來……後來她發現……

她愛說故事。是的，她。逃到任何角落，她逃不了自己。

「後來……」她說了下去。

繁華的西門町甦醒過來，聽故事的人，越來越多。等沈靜說完以後，好一會

兒，這群人這麼安靜。

說故事的狂熱一但過去，她有點困窘的攏攏頭髮，侷促的一笑，站了起來。

日已偏西，她的喉嚨乾渴不已。

突然爆炸起來的掌聲讓她僵硬了一下，她溫柔而沈靜的微微一笑，點點頭，離開了。

她急著逃開，這個時候，冰冷的雨絲飄了下來，天空朦朧而昏暗。她穿過綿綿的雨幕，匆匆看到了他，十一號桌的客人。

隔著雨，他們默默相對了一秒鐘。

台北人無處可去，總是在幾個點無預警的相逢。

然後不說再見的別離。

雨嘩嘩的下，她的心裡，塞滿了複雜的，渴望書寫的心情。

抱著膝蓋，她望著閃爍的游標，不知道要跟電腦訴說些什麼。

陰森森的寒氣透了過來，手指僵硬，冷得無法打字。望著電腦很久很久，PHS輕輕響起。

* * *

「我沒聽到前面。」

第一次接到中文短訊，她茫然了一會兒。

破例的，她沒對著電腦傾訴自己的想法心情，在空白的Word上面，打了標題：「雙瞳之外」。

從開始的艱澀凝滯——畢竟她不說故事已久——到後面的運指如飛，她沉醉在故事之中，外界的一切她都了無所覺。

這種感覺，多麼像是吸食毒品。

她寫了又寫，寫了又寫。等她覺得彎曲的背開始疼痛的時候，她才發現自己寫了一夜，天空已經泛出微微的蒼白。

我喜歡說故事。

這種感覺一但找回來，就有種極度亢奮的感覺。想說，很想說，很想把所有鬱積在心裡的一切說出來。

像是沉眠了很久，突然甦醒了。知道自己的甦醒非常短暫，所以盡力的，歌唱。

像是十七年蟬。驚蟄之後，永鳴到生命結束。

陷入一種發高燒的情緒，她跟著書裡

的人物悲喜，除了去有一間，她連睡眠都減少了——幾乎不睡。她屈在和式桌前面，一字一字的敲下完整的故事，除了這件事情以外，外界的一切都與她無關無涉。

一個禮拜，她寫完了整個故事。

翻閱著自己寫下的文字，游標閃動。她抱著膝蓋很久很久，濃重的黑暗中，像是有沉默的幽魂與她共同閱讀。

凝望著虛空，她覺得筋疲力盡。所有的熱情和情緒爆發完了以後，她被淘空，只剩下一個殼。

她回不去「沈靜」。現在還不行。薄鐮刀似的新月照進她的窗戶，在她臉上落下無血色的月影。

疲倦的倒下，她終於可以睡了……在燃燒靈魂之後。現在她只是灰燼。是的，只是安息的灰燼。

* * *

她沒有印表機。

嘩啦啦猛烈的雷雨敲打著窗玻璃，緊閉著窗戶，雨水像是緊閉著眼的淚，忍不住滲進來。

一面抹著窗台的雨水，濛濛霧氣，兩條魚不安的游動。這雷，也驚嚇了他們。將魚缸端到和式桌，她倦了。將抹布圍成徒勞無功的暫時堤防，任由窗雨嚎啕的啜泣。

優游的魚，在她橘紅色的磁片之前游動著。冷藍的ＰＨＳ閃閃，九點十五分。呆望了很久，她終於下定決心將磁片放進口袋裡，急切的出門，卻忘記帶傘。狂暴的夏雨在她身上肆虐，她卻只顧將手放在口袋裡，小心著磁片不要淋溼。

推開有一間咖啡廳的大門，老闆愣了一下。

如此雨夜，人魚泅泳過台北的寂寞，來到了他的小店。她髮上滾著無盡的珍珠，臉孔潸然的雨滴似淚滴。

「……小靜。」

她的瞳孔，爲什麼燃燒著稀有的熱情？黑黝黝的，像是太古神祕生物的靈魂。

聽到自己的名字，她渙散的瞳孔漸漸找到焦距，淡得幾乎看不到的微笑，驅散了接近瘋狂的執拗感，「……忘了帶傘。」

老闆娘趕緊拿毛巾給她，輕輕叨唸著，借了套衣服給她換。

九點五十五分。

躊躇了一會兒，沈靜問了老闆娘，「……請問，我可以借雷射印表機嗎？有些東西想印出來。看需要多少錢……」

「都來這麼久了，還這麼見外？」老闆娘有些無奈的笑笑，「是什麼呢？我看看。」

她握著磁片好一會兒，才交出去。

那一夜，拿磁片進去的老闆娘就沒再出來了。這樣狂暴的雨肆虐了一夜，幾乎也沒什麼客人。

只有「11」仍然在他的老位置上。偶爾目光交會，兩個人都禮貌的將眼睛別開。

其實，只要傳簡訊給他，問問他電腦可以接收的e-mail address，把故事傳給他，也就完成了他的企盼。

但是……故事是一種華美的紡織品。需要藉由紙張的溫度，才能眞正的完成「故事」。

她不願意呈現一篇冰冷給他。至於爲什麼，她不去想。

「小靜。」老闆娘終於走了出來，不可思議的望著這個神祕的吧台，「這是……哪來的？」

她侷促了，「……我寫的。」

好一會兒，咖啡廳裡沒有人說話，只有煮沸的咖啡發出「啵啵」的輕響。

「『雙瞳之外』是嗎？」小珂快樂的叫了起來，「小靜，妳終於寫了！哇哈哈，我要第一個看！原來妳眞的寫了啊……那妳這幾天失魂落魄是爲了寫這個嗎？」

「小珂，不要吵，」老闆娘心不在焉的揮揮手，「……只是印出來太可惜了，明天我跟老闆弄好給妳，好嗎？」

她輕輕點了點頭。

第二天，交到她手上的，幾乎是一本書了。

老闆嫺熟的爲她作了優雅的版面，老闆娘爲她排版，然後找相熟的打字行裝訂。

「裝訂好我又看了一個下午。」老闆娘有點不捨的把書給她，「我多印了一本起來，可以嗎？」

「當然。」她困窘的微笑，「需要多少費用？」

「讓我和老闆都異常感動，就是很昂貴的費用了。」她笑笑，望著這個奇特的吧台，「小靜，妳生來是說故事的人。爲什麼……」

她笑而不答。

那天晚上，連同曼巴，她把書裝進牛皮紙袋裡面，請小珂送過去。

他閱讀了一夜，神情是沉醉的空白。望著他，沈靜的心裡湧起一股暌

違已久的成就感。

當他把書還回來的時候，只是對她深深的點頭。她無言的回禮。

爲了這樣的讚許，她苦苦的燃燒一整個禮拜。自己都覺得荒謬可笑。

那本還回來的書，在咖啡廳裡頭引起小小的旋風，每天都有人搶著借回去看，這部下檔已久的電影，因爲這本小書，延續了很長的生命。

老客人搶著吧台的位置，除了抱怨以外，又多了個新話題。她只是在吧台後面微笑，沒有說什麼。

誰也沒有看出來，她的心底，有種小小的虛榮感在滋生，甚至，她想要繼續「說故事」。

爲什麼不呢？她不用取悅任何人，只是私自的寫，私自的給這群喜愛她的人看。這一點點小小的自由，難道不能被允許嗎？

她是這樣的喜愛「說故事」。爲什麼……要自我剝奪這麼一點僅存的樂趣？

既然自己已經什麼都沒有了。

直到那一天，那個斯文的男人肩膀都是雨的走進咖啡廳，接近狂熱的望著她，「……這本書，是妳寫的嗎？」

連著她的小書的，是一家出版社總編輯的名片。

表面如常的她，指尖有些發顫。

「是。」

這夏天的雨，像是不打算停止，遠遠近近，過去未來，永遠的下著。相較於嘈雜的雨聲，咖啡廳反而死寂得宛如墓穴。

「……妳是誰？」男人定定的望著她。

「我就是我。」她笑笑，誰也看不出她的戒備，「我姓沈，沈靜。」

男人凝視著她的書，像是要看穿書頁，找到些什麼似的。

「……我以爲……妳是她。」他緩慢的開口。

＊　＊　＊

一條受盡折磨、敏感而纖細的靈魂。

認識她的時候，是藉由電話。軟軟的、慢慢的，有些哭泣的尾音，讓人忍不住想為她拭去淚痕。

據說，她是知名作家的「助理」。身爲主編的他，常常聽到助編的蜚短流長。大學剛畢業，仰慕作家的才華，提著行李搬到他家裡去，成爲他的「助理」。

責編不只一次惋惜，這樣美好的女孩子……卻甘受風評不佳的名作家摧殘。她幾乎什麼都作……家事、謄稿、跟出版社聯繫，還要飽受名作家暴烈的苛求……

這些不過是聽過就算的八卦，直到他無意中由責編那兒拿到女孩的手稿。

是怎樣纖細的靈魂……可以寫出這樣令人戰慄的文字？簡直是暴力的……暴力的拖出自己的魂魄，接近殘忍的要自己看看，所有的無助和寂寞。

是這樣無助而寂寞。

相對於名作家的作品，所謂的「知名作家」不過是強扭著說愁，無病呻吟的延長自己虛偽的蒼白青春而已。

「垃圾。」他喃喃著。

「咦？」責編有些爲難的拿起女孩的作品，「但是我覺得還不錯啊……眞的要退稿嗎……？」

他粗魯的搶下那份作品，像是保衛什麼珍寶一樣，將名作家的稿子一扔，「我說這個是垃圾。她的，是寶貝。」

但是來不及爲她付印，知名作家來出版社大鬧了一場，硬把稿子拿回去，揚言若是出版她的作品，就和出版社斷絕所有合作關係。

他拿職位作賭注力爭，輸了。

爲了這個，女孩打電話給他，就這麼一通電話。

「……妳在損毀自己。」他的心，這樣的痛。

「……我愛他。」她的聲音如許平靜，「一切都……沒關係。但是，謝謝你肯定我。」

他離開了出版社，去了別家。他和女孩有了一種淡淡的友誼，她寫了什麼，都會寄給他看。

看到知名作家的書居然和她的創作如出一轍，他憤怒了，寫信去痛責她不愛惜自己的作品。

「就算妳愛他，也不該放任他剽竊！」

她的回信依舊溫柔，「當作品誕生的那一刻，我的創作欲已經滿足。掛誰的名字，都無妨。」

是個眞正的作家，她。

*　*　*

「或者說，是個眞正的傻子。」他微笑，滄桑的。

沈靜默默的看著他，遞上一杯愛爾蘭咖啡。那點無形的眼淚，已經由這個男人落下。

「你見過她嗎？」

男人搖搖頭。「……我失去她的消息。已經很久了……」只有十幾冊的手稿。每一字都是美好卻痛苦的結晶。「我在妳的文字裡……看到她。」

他的眼中，滿是渴求。

「很抱歉……」沈靜悲憫的看著他，「我不是。」

飢餓般的希望熄滅，濃重的絕望緩緩升起。寂靜的咖啡廳裡，熱水無知的喧譁。

「我知道。」他笑了起來，「我只是……其實聽到妳的聲音就知道不是了，但是我……

我……」

抹了抹臉，沒人看得到他手掌下的表情。

「我很抱歉。我眞的很抱歉……」他拿起帽子，將冷掉的愛爾蘭咖啡一飲而盡，結帳。

「妳寫得很好……如果有出版的打算，請告訴我。」戴上帽子，走了兩步，他轉頭，「……妳可幸福？」

沈靜望著他，這個答案……很難回答。但是這個追幻者……追逐著一個纖細的靈魂。他現在凝視著的，並不是自己。

「我很好。」

這樣的答案，卻幾乎讓他的眼眶紅了。「眞好。眞是……太好了。」

門上的風鈴輕響，飄進一點不甘願的雨絲，他又走入暴雨中。

其實，我們都是編織者。編織一些虛幻的情節，讓自己無法說出口的想法和情緒，虛幻的活一場。

行斷路，欲語無聲。這種時候，才寫得出來。

不用追逐我們，我們只是……愛說故事的人。

加諸這些情緒在我們身上……沒有必要。

是，我不是她。但是每條受折磨的靈魂，總有細緻的相似或相異。何必尋找？不要找她，也不要找我。

閃閃的游標，像是她積存的眼淚，閃閃。存檔。

關機前，她刪除了「雙瞳之外」的檔案。這些是……沒有必要的。她闔上眼睛，依舊可以說給自己聽。

在她那奇幻而豐富的世界裡遨遊，卻不用跟別人有瓜葛。

她不經意的水面一觸，泛起的漣漪，卻影響許多人。她，早就決定放棄了。

只是張著眼睛，冷靜的望著世界，世界也照樣冷漠的回望。

這樣的距離剛好。

* * *

借不到書的人喧嚷了一陣子，然後這本小書就被淡忘了。這城市，瞬息萬變，有太多値得關注的事情。

悄悄的把書放在十一號桌，他抬起眼。

給你。

謝謝。

無言的交談，她依舊回到吧台，靜靜的微笑，淡漠的。

十一點十一分，台北的夜裡，終於不再下雨。梅雨季終於過去。

夏天，眞的來了。

8. Chapter

另一家咖啡廳

隔壁，在大興土木。

木屑飛揚，電鋸高亢著分貝，不斷的折磨人的耳朵。接近夜晚十點，敲敲打打的聲音令人坐立不安。

小珂忍受不住過去隔壁交涉，滿臉氣憤的走回來。

「好不講理！」他抱怨著，「那女人……說什麼她要趕著開店，要我滾出她的店，不要妨礙她!?眞是太過分了，都幾點了呀……」

交談的人不得不揚高聲音，原本靜謐的有一間顯得如此浮躁激昂，有人說著說著，動怒了，開始在吧台拍起桌子來。

冰開水輕輕的在吵架的人面前落下，沈靜的表情依舊沈靜，「喝口水？」她淡漠而溫柔的存在，像是繫住狂舟的錨，吵架的人慚愧的端起冰開水，激昂的氣氛也冷卻了下來。即使在這樣令人坐立不安的噪音中，她還是努力的想聽清楚客人對她說的話，這樣專注的前傾，手上的工作也沒停。

誰也不知道，當客人都走了以後，她近乎虛脫的在吧台的椅子上坐了很久。掩飾得很好吧？沒有人看出來，纖細的聽覺神經比誰都不能忍受噪音。一點點的巨響都可以讓她驚跳。而整晚她在這種難以忍受的高分貝裡受折磨。

妳做得很好。

曬著冰開水，終於安靜下來的四周，一片死寂。

冰藍螢幕閃耀著，一點五十五分。她走出有一間。

樓下混亂的堆著拆除下來的木塊水泥，像是夜裡沉默而畸形的屍塊。不知道是空

腹，還是耳膜激烈的疼痛，她覺得暈眩，因此沒有注意腳下。

糟糕。電光火石中，她想。恐怕得受點傷……

有力的臂膀抓住了她，她僵住，慢慢抬頭，是他，十一號桌的客人。

兩個人尷尬的相對著，眼睛逃避著眼睛。她試著站穩，點了點頭，十一號桌的客人，輕輕放開她。

初秋的風微微帶點寒意，填塞著彼此的沉默。

她深深的躬了躬身，仍是一個字也沒有說。

走回國王大廈，不用轉身，她也知道，隔著很遠的距離，他正在遙遙護送。

兩年？還是三年？她坐在窗台，望著遙遠即將消失的那個小點，她對自己的狷介暗暗嘲笑著。

有多少機會可以交談，但是她只是沉默，就選擇了沉默。

時光流逝再久，他們也只是陌生人，帶著善意的。一天天，一年年。

在魚缸裡各自撒下餌食，兩條鬥魚啜食著，隔著雙重玻璃，觸著對方的身影。

看起來最近，隔得卻是永遠到不了的距離。

三點五十五分。天空仍是一片漆黑。未熄的霓虹燈在她臉上粧點虛僞的嬌豔，像是就要粉墨登場。

而她，永遠不登場。

今天她沒打開電腦。該傾訴什麼？有些感覺，不能書諸文字，必須留待失眠。

在城市的另一端，有個男子抽著菸，同她一樣等待日出。

* * *

幾天折磨，換來一個華美的對手。

花籃幾乎擺到有一間門口，她抬頭看著絢麗的招牌：「眾神的國度」。

有一間咖啡廳和這個豔麗的對手比起來，眞是樸素到接近黯淡。這與她無關。隔壁的咖啡廳太亮、太充滿了花香。她對於聚光燈下的咖啡，沒有興趣。

這天的客人少了接近三分之二，她空閒下來，正好可以整理工作日誌。老闆和老闆娘也不受任何影響，依舊安靜的做自己的事情。

「小靜小靜，」小珂焦急的說，「你們怎麼都沒感覺啊？客人都跑去新咖啡廳了！再這樣下去……我們有一間怎麼辦啊？那個女人是不是故意的？哪裡不好開，偏偏要開在我們隔壁……」

他的喋喋不休突然尷尬的停下來。沈靜被濃烈的香氣襲擊，抬頭望向走進來的女子。

那是個非常美麗的女子，穿著鬱金香下襬的外套，柔軟的鬈髮圍著細緻的五官，外表看起來這樣纖細溫柔……

但是她的眼睛。她的眼睛這樣強烈厭惡和不屑的望著沈靜，也同樣厭惡的望著走出來的老闆娘。

「學姊。」和眼神迥然相異，聲音甜蜜著，「學長在嗎？我的咖啡廳開張了，想請學姊和學長來賞光。」

等老闆走出來，她整個人都煥發起來，「學長，是我。我也開了咖啡廳呢……以後我們就是鄰居了。」

她輕快的跑到老闆的身邊，眼睛發亮，親蜜的挽著老闆的手，像是這世界的一切都與她無關。

沈靜垂下眼睛，專注的煮要給十一號桌客人的咖啡。

無人不冤，有情皆孽。

她不知道爲什麼，心裡湧出了這樣的句子。悄悄的微笑，誰也不知道她笑什麼。

太明顯，也太刻意了。

我不知道這位小姐叫什麼名字，她就這樣闖進來，她不在乎別人，我不在乎她。

她的眼中，只看到老闆而已吧。

妳弄錯對象了。我只是，老闆雇用的吧台，剛好站在這個位置。妳不用在意我……

我，誰也不是。

妳該在意的是老闆娘。但是，老闆娘也不在意妳。

或許生活太死寂，連這樣的事情都可以寫在閃閃的Word裡面。她抱著膝蓋，輕輕的笑。

就是這樣而已。有人，會把自己活成一場鬧劇。

＊　＊　＊

她不明白隔壁的開幕酒會和自己有什麼關係，老闆和老闆娘的請帖外，居然有自己的。

爲難的拿著那張帶著濃重香氣的請柬，她默然。

「放一天假，我們都去吧。」老闆沉重的嘆口氣，老闆娘溫柔疼惜的揑揑他的肩膀。

如果可以……她是希望不要去的。

走到哪裡，她只有一套白色的半正式衣裙。這樣過分熱鬧繁華的場合，顯得寒傖不起眼。

這樣安全。默默的在角落啜著雞尾酒，微微皺眉。這酒，太甜。

「我的酒，不能喝嗎？」隔壁的店主，同樣穿白，卻傲氣的宛如雪白芙蓉。

搖搖頭，笑了笑。轉身想離開，卻被粗魯的抓住手臂。

「……他是我的。」這樣纖麗的人……卻有這麼貪婪的眼神。

驚駭緩緩平息，取而代之的是一種憐憫，深深的憐憫。

「沒有誰是誰的。每個人……都是自己的主人。」輕輕掙開她的掌握，長長

的指甲陷入臂膀，一眼一眼的，像是新月的傷痕。

「他是我的。」固執得幾近偏執，她重重的強調一次，「我的。學姊從我身邊搶走了他……他其實一直喜歡我，現在也還是愛我的！妳！」淒厲的瘋狂逼視過來，「妳不要以為讓他雇用就是喜歡妳了，他才不喜歡妳這種女人……」

沈靜過度澄澈的眼神讓她下意識的迴避。

到底想看到哪裡去？她想看見什麼？我說的是事實，而且是唯一的事實。

「他是我的。」薄弱而頑強的再說一次，「只是我的。」

沈靜溫柔淡然的笑了笑，走了出去。

陷入自己妄想的牢籠……是可憐的。用「愛」這種表面華麗實質殘酷的絲線，捆綁自己的自由。

PHS輕響兩聲，她默默看著訊息來源，刪除。

沒有看內容。

這些……都是虛妄的。一切都是幻覺……我們在幻覺裡，自欺欺人。

誰也不在意誰，誰也不愛誰。
我們愛的是鏡影。我們以為「愛」，卻只是愛上了「愛」。
貪圖愛情的香氣，盲目的看不見對方，也看不見自己。
誰也不愛我。我，也不愛誰。
「愛」是殘酷而毀滅的字眼。

她安靜的等待薄暮漸漸濃重，光線一點一點抽離，只剩下螢幕仍舊發著光。
無比寂靜中，只有心跳穩定的跳動著。
她不想開燈，閃電劃破天際，像是天空的傷痕。秋天有雷……不是冬雷震震，夏不雨雪。
她和兩條魚，一起望向天空的傷痕。潔白的，沒有血的傷痕。
一道又一道。
漆黑的天空因此傷痕累累。但是雨不夜泣，所以只有傷痕的隆隆呻吟。

* * *

熱鬧了很久，他們這個原本靜謐的商業區。

她隱約的知道，新店主在藝文界的關係很好，有些新銳作家、甚至是老牌作家都會在這家店出入，還有一些藝人和歌手，或者是廣告人。

和有一間的客人是不一樣的。

新鮮感過去，老客人又回來了。他們抱怨隔壁太吵，咖啡太甜。

她只是傾聽微笑，沒有任何評論。

任何一種咖啡，都有喜歡的人。就算是三合一，也有人日日不可無此君。這不是品味問題，也沒有什麼咖啡比什麼高貴。

眞的，只是青菜蘿蔔，各有所愛。

唯一沒有去「旅行」的，只有十一號桌的客人。

他們已經熟稔了，像是將對方看成有一間不可或缺的風景。或許沒有交談，但是也不需要交談。

一個，在固定的時間就會遇到的固定的人。靜靜的咖啡香提醒著彼此，自己並不是唯一的孤單。

誰也不向前一步，因爲，沒有必要。

隔著吧台，靜靜的起居於此。這樣就可以了。

在老客人的抱怨中，他們的視線短短的交會一秒，彼此會意的低頭。

喧囂中，自有他們的寧靜。

當隔壁的激烈爭吵劃破這種寧靜時，快樂的低語安靜了零點零一秒。接著是打破

玻璃的聲音，沒多久，警笛嗚嗚的撕裂一切。

小珂機警的跑到門口張望，沒多久回來安撫緊張的人們：「沒事，沒事。隔壁有人喝醉酒撞破了玻璃門……別緊張嘛，喝醉酒的人……喂喂，大姐，少喝點，別跟隔壁一樣撞破門還驚動了救護車。我會心疼欸！」

輕鬆的打消了緊張的氛圍，客人們笑了起來，又恢復了溫暖的有一間。

小珂的陽光笑容回到吧台就沉下來，「……隔壁的店主和客人打架。好像什麼版權不版權，騙不騙的……我聽不懂。但是警察把客人和店主都抓回去了……」

沈靜默然，輕輕的點了點頭。她……那種幾近偏執的個性，是有可能的。

她的眼中，有種清醒的瘋狂。

那是別人的故事。就因爲自己不在其中，所以可以放心的悲憫。

沒多久，老闆和老闆娘匆匆的走出來，要他們等等自己關店門。老闆輕聲的抱怨，「我不想去保她……這個麻煩沾下去永遠也……」

「別這樣，」老闆娘耐心的幫他拿外套，「到底是自己學妹，她父母親年紀又大了，又不是不認識……我們去一趟……」

她……知道自己眞正的位置嗎？

只是一個永遠的，「麻煩」。

麻煩、負擔、累贅。冷藍螢幕告訴她，兩點五十六分。

將店門鎖好，下樓梯。

秋涼，瑩白的街燈，霧然的冷寂著。她走過馬路，身後很遠處，熟悉的傳來輕輕的腳步聲。

是這樣數年如一日。

爲什麼，此刻聽起來，這聲音卻如此沉重，重重的，在她心裡迴響？

疾步走回自己的居所，像是被什麼追趕著。入門重重的鎖了又鎖，她不知道自己在鎖什麼。

頹然的坐倒在地板上，只有鬥魚輕輕觸著玻璃缸索食的聲音。霓虹嘩笑鮮豔的填充著黑暗，讓黑夜不再純粹。

許久許久，她沒有動。

直到嗶嗶輕響，有訊息。

「Are u ok?」來自「11」。

她沒有回。

為什麼不回訊？

因為，已經太危險了。

往往都是一個無心的善意，宛如甘霖般，滲入枯乾已久的心靈。為了貪圖甘霖，所以強求、需索，而這不是，這根本……不代表什麼。

一切都肇因於，無心的善意，以及乾枯的寂寞。

我並不溺水，所以不沉溺。不能沉溺，不能回應，只是虛幻交會的平行線。

那是視覺上的錯覺。

如果，不想讓自己眼中有同樣的瘋狂，就該了解，「無心的善意」，往往是深淵的開始。

我已走過深淵。

沒有開燈，微弱光影裡，她和電腦相望著。像是眼淚還沒有流盡，有些嗚咽，只能放在心裡，堆積。

存檔，關機。

從十四樓望出去，這污穢的都城，如此寒冷而華麗。閃閃的燈光不帶一絲感情。

遠遠的嗅到雨的味道。或許在這城市的一角，正在下著雨。

正在下著雨。霧濛濛的，一行一行的閃亮著。

她沒有回訊。

還沒睡，並不是在等她的回訊。只是長年的失眠作祟了……

是嗎？我不知道。不過是兩通訊息沒有回。我不擔心的，並不擔心……

我們只是陌生人。

我只是……在千百個電話名單裡頭，選了一個人關心。

人是群居性的動物，就算再離群，也需要安全的對象可以關懷。

她是安全的。

望著螢幕發呆，他點起菸。裊裊的煙霧，將那句「她是安全的。」弄得模糊。

他不知道自己發呆多久，也不知道放著的歌劇已經安靜很久了。或許，他不知道自己想些什麼，或不想些什麼。

等他清醒，才發現，背景音樂早就是淅瀝瀝的雨聲。而雨聲，他永遠聽不膩。

城市在睡眠，在秋雨的哭泣中。

他靜靜的，失眠的和整個城市相對。

* * *

每一天，都在有一間。每天都過著細微不同，但是驚人相似的日子。

隔壁的店關了很久，據說是消防法還是營業執照有問題，原本光鮮的店面無人打理，漸漸在破碎的玻璃門上蒙了塵。

沒有人關心後續，一切都在時光裡快速的淹沒。這本來就是個擅長遺忘的城市。

就在被遺忘的時候，幽魂突然帶著酒氣衝進來，沈靜的確被嚇到了。

秋風秋雨，冷寂的有一間，連老闆跟老闆娘都早走了，隔壁的店主卻赤紅著一雙眼睛，撲上來抓住她，「他呢？學長呢？學長！你不要躲我了！我受不了這個！求求你出來吧！我愛你呀～我愛你……這麼多年了，你爲什麼不回應？你明明也是愛我的呀！學長！」

小珂趕緊將沈靜搶救下來，「老闆不在啦！拜託，發酒瘋不要發到人家店裡……妳馬幫幫忙，女人家喝成這樣很難看……」

「你是誰？你管我？我沒有喝醉，沒有！我很清醒……牧仁啊……你寫給我的詩和畫我都收得好好的，你說過你喜歡我的……難道你忘記了？我沒有忘記，沒有啊～」

連哄帶騙的，小珂將她趕出去，回來時一頭是汗。「我的天……老闆眞可憐，被這種瘋婆子纏住。聽說嚇得老闆都搬家了，哇

靠，吵到人家家裡去了……聽說長長遠遠的躲了十幾年欸！小靜，你沒事吧？」

搖頭笑了笑，繼續洗著玻璃杯，沒有說話。

小珂繼續嘮叨著，「……我看我們早點關店好了，這種天氣，不會有客人了……小靜，我送妳吧？不知道她搞什麼飛機，好像一直針對妳……」

她婉拒了。小珂聳聳肩，「……反正妳有人送。」他意有所指擠擠眉。

這孩子……啼笑皆非的望望他，還是一言不發。

仔仔細細的將每扇窗戶都關好、鎖上，小

珂活潑潑的跑走了，她安安靜靜的鎖上店門。

原本都在對街7－11等待的他，卻有點侷促的在門口看報紙，藉著微弱的街燈。沒有交談，兩個人互相望望，前後的下了樓梯。

沒幾步，她突然又被抓住，隔壁的店主居然潛伏在附近，眼睛閃閃發著瘋狂的光，撕心裂肺的大喊：「他是我的～」

這淒絕的聲音恐怖的迴響著，一個酒醉而心碎的女人，對著虛空，憤怒的吶喊。

他立刻將那女人推開，將自己擁在懷裡保護著。

沈靜怔怔的望著發酒瘋的女人，沒有表情的臉頰，閃閃的，兩行淚。

「妳哭什麼!?」隔壁的店主憤怒的嘶吼，「妳有人保護有人關愛，妳哭什麼!?我只有一個人！我都沒有哭……我才不要哭，才不要哭！因為我知道……不管他怎麼對我，心裡都是愛我的！」

她踉蹌的醉倒在地，「……我才不要哭……哭了就輸了……輸了就什麼都沒有了……什麼都……沒有了……」

我哭了嗎？沈靜訝異的摸摸自己的臉頰。

我不是，喪失了哭泣的能力嗎？爲什麼……

她的友人狼狽的跑過來，扶起她，不斷的道歉。沈靜只是怔怔的。

望著一路嘶吼的她，頹唐的白衣上染滿污泥煙塵，耳中充滿了她瘋狂的吶喊……

沈靜的表情如冰霜，淚卻洶湧著。

輕輕的放開她，默默的和她並肩。他有種奇異的感覺。突然在這電光石火的一刻，懂得了她的淚。

那不是爲了她或他，而是爲了瘋狂的哀矜。

掏出了面紙，她默默的接過去，兩個人禮貌的保持距離。隔著，兩個手臂的距離，卻沒有誰想靠近一點點。

只是兩道平行線。

雨不下了，空氣中充滿寒冷的水氣，凝結著。

在她居住的大樓前停下來，望著她走進電梯。在電梯門闔上的瞬間，他似乎看到，停止哭泣的她，臉頰上似乎蜿蜒著新的河流。

映著街燈，如彗星一閃，瞬間就消失了。

站了很久很久，直到雙腿麻木。他想起桌子上不願意想起的人事令，這秋，如此愴然。

隔著很近卻很深的河流，永遠都接觸不到。

微弱的響起，他懷裡的ＰＨＳ。

「Thank you.」來自「Peace」的訊息。

他在這城市構成的又深又冷的湖底，遙遠的聽到同類的聲音。

微微一笑，他轉身。

9.
Chapter

在下個轉角處

水藍窗簾飄揚，秋陽不怎麼溫暖的照進這個狹小的套房。

她向來睡不好，接近凌晨時睡意來襲，幾乎是感激的躺平，自然的睡眠在別人來說稀鬆平常，在她來說比黃金還珍貴。

熟睡著，不受夢境的干擾，遮斷五官，真正的，休息。

西風獵獵，陽光隨著西風的腳步，一會兒照亮牆上寥寥無幾的衣服，一會兒照亮除了電腦，別無長物的和式桌。

被粼粼的光驚動，鬥魚潑剌轉身，是這冷素房間裡唯一擁有的絢麗。

住了三年，她的東西只少不多。不穿到衣服出現破洞，她是不會去買的。

因爲隨時準備離開，反而不離開了。

正在舒適的夢裡和自己辯護離開與否的理由，她眨眨眼睛，不甚清醒的望著天花板。

案頭的ＰＨＳ不斷的響著。

花了一點力氣才掙扎起身，「嗯？」

「小靜，老闆娘有沒有去妳那兒？」老闆的聲音穿透話筒，強烈的焦慮像是在燃燒。

「……」什麼？

仍然渴睡的腦神經運作了一下，老闆在說什麼？她和誰都沒有交集，誰也沒來她的小窩作客過。

「沒有。」

「眞的沒有？那她跟妳聯絡過嗎？」濃濃的失望傳遞了過來，「也沒有？她會去哪裡呢？她沒有地方可去……」

掛上電話，美好的睡意消失無蹤。

她沒有地方可去。

是的，忙碌的老闆娘幾乎沒有地方可以去。她睜開眼睛就是打理自己的家、打理有一間，打理丈夫的工作……

三百六十五天，全年無休。

微寒侵入薄薄的蠶絲被，她將自己裹成一個繭。作繭自縛。

她縛著自己是爲了溫暖，那麼……老闆娘縛著自己，也是爲了愛的溫暖嗎？

愛是這樣表面偉大，實則殘酷無情的字眼。

靜靜的蜷伏著，美好的睡意再也追尋不回來。但是她沒有站起來的力氣，是的，她沒有。

默默望著金光閃爍的下午過去，薄暮四起。街燈，寂寞的亮了起來。

孤獨或許孤獨，但是她的一切，都歸自己所有。

* * *

晚上九點三十四分，她站在大門深鎖的有一間。

小珂和她面面相覷，他搔搔頭，咕嚕著，「怪了。」

低頭想了想，她拿出鑰匙打開大門，「來，準備開店了。」

這是她的工作，每天十點以後，站在吧台後面微笑。只要還有一個人需要他們的咖啡，就不可能放著店不管。

清點著存貨，她心裡的疑問越來越深，也越來越知道不想知道的答案。

每一種咖啡都已經補好了適當的量，調酒用的基酒也都有了備用。翻開工作日誌，細心的老闆娘條列出所有咖啡中小盤商的電話、結帳方式、日期，備註欄寫得密密麻麻。

她走了。沈靜這樣的訝異，這樣精細而謹慎、依依不捨的逃亡。

呆了一下，她放下工作日誌，輕輕的敲了敲老闆的工作室，打開門，空無一人。

「小靜？」小珂毫無所覺的抬頭，「老闆不在啊？真是的，也不說一聲，每日特餐怎麼辦啊？小芳姐跟老大是搞什麼呀，一聲不響的跑掉……」

「……暫停供應好了。」她關上門，「沒問題的。」她輕輕拍了小珂的肩膀。

熟悉的世界突然崩塌了一角，最恐慌的，應該是自己吧？「沒問題的。」她小小聲的又說了一次。

今夜，有一間還在。而且，十一點十一分，十一號桌的客人，又準時的進來。

看到他走進來，她暗暗的鬆口氣。是的，總有些還是如常的。

一切，都不會太不一樣。

這是個心事重重的夜晚。小珂覺得有些不對，笑容顯得有點勉強。今天客人又比平常多，兩個人有些忙不過來。

她依舊沉穩的，小心的記住每個客人的點單，在這樣浮動的氣氛中，她越不能出錯。

只是總是淡然微笑的她，臉上有種說不出來的憂挹。

她知道十一號桌的客人一直擔憂的望過來，但是她沒時間、或說逃避回望。有種不好的預感，非常糟糕的預感。安穩生活了三年的一切，都將要崩塌了。

原來世間的一切都是如此無常，根本沒有所謂的永恆。

臨到很夜，客人幾乎都走光了，沈靜把收銀機的收入都清點好，小珂愁眉苦臉的望著她。

「小靜……我覺得有點害怕。」這陽光男孩，在這個店裡待了四年，已經是挺拔的大男

生了。他因為視力的問題不用去當兵，一直很努力的在這裡學習，希望自己存夠錢可以開另一個「有一間」。

這裡，已經不是上班的地點而已。而是另外一個可以歸屬的地方，說不定比家的感情還深刻。

我不應該害怕，聚散本無緣法。

「沒事的。」她依舊是淡得幾乎看不見的微笑，「先回去吧。我等一等再走……今天的收入還是得交出去。」

在空無一人的咖啡廳，她靜靜等著。長年薰著咖啡，在洗淨之後，還有淡淡冷冷的香氣。她的身上，也有這種洗不去的淡然。

一桌一椅，一瓶一罐。環顧這個熟悉的所在，三年前，她推開有風鈴的大門，回到被雨淋溼的城市療傷。

然後，又要啓程了嗎？

她感到如此疲倦，疲倦的抬不起胳臂。

三點五十五分。握著小巧的PHS，冷冷的藍光，沒有體溫，卻輕輕響了兩下。

「Go?」11的訊息。

她拉開窗簾，看到他居然還在對街的7－11等待。

這個秋天太乾，一直不下雨。默默的提起背包，她將門鎖好。

十一號桌

的客人，靜靜的和她並肩而行。兩個人還是沒有說話，只有西斜的月色將他們的影子拉得很長，很長。

影子親密的依偎在一起，事實上，他們之間多麼有禮又拘謹。

只用眼睛說再見，只有輕輕的躬身。

第二天，老闆陰沉的出現了。他胡亂的將沈靜手裡的鈔票一推，幾乎是粗魯的。

「以後咖啡廳的帳妳管就好。」

「……我不是會計。」沈靜的訝異只是一閃而過，沒有表現出來。

「我加錢給妳。」老闆逃避似的縮回他的工作室，沒有一個字提到老闆娘。

暫停供應的每日特餐變成永久停止供應。也不再有人看沈靜的工作日誌。幾天後，沈靜提著現金箱，很堅決的將現金與帳單交給老闆。

「我是吧台，老闆。」

老闆默默的抽著菸，發愣的看著一疊疊的鈔票和帳單。他有些動氣，這些人……

爲什麼都來煩他？

小芳走了。拋下他，沒有理由的走了。

「我知道了。」他冷冷的點頭，「擱著，我等等再看。」

「這是存貨不足的明細表……」沈靜還想告訴他，老闆卻發怒了，「我說我知道了！放著就好！」

被突來的怒吼嚇著，沈靜的臉只蒼白了一下。

不是的。不要怕，他不是的。

「……我放在這裡。」她的聲音仍然穩定，自己都讚賞自己已經有了進步。

等沈靜退出去，老闆開始懊悔自己的發怒。是怎麼了？爲什麼遷怒別人？這不是任何人的錯……

甚至不是自己的錯。

只是小芳的。她居然……居然沒有說一句話，就這樣，從他的生活裡逃開。十幾年了啊……他們相依爲命。居然爲了那個該死的學位，她就這樣頭也不回的走了。

不，他是絕對不去追她的。因爲先背叛的，是放棄他們堅固愛情的小芳。

他是絕對不原諒她的。

賭氣的清點現金，開始核算帳單。沒有她也沒有關係。小芳只是他心靈的支柱，什麼不是他在處理的？小芳只是處理雜務，當他的副手而已。他做得到，這些有什麼繁難呢？

但是，他發現，天一亮他就得起床，洗衣服，處理基本家務，上銀行，然後要回咖啡廳清點存貨，叫貨，閱讀沈靜寫的工作日誌，點帳款。然後還有設計的工作追逼著他，他突然變得這樣疲憊，疲憊得幾乎抬不起胳臂。

回到冷清清的家裡，即使這樣的努力，他的生活還是一團亂。空啤酒罐如果沒人丟，盤子沒人洗，是不會自動窗明几淨的。

垂首坐在黑暗中，他抬頭，路燈

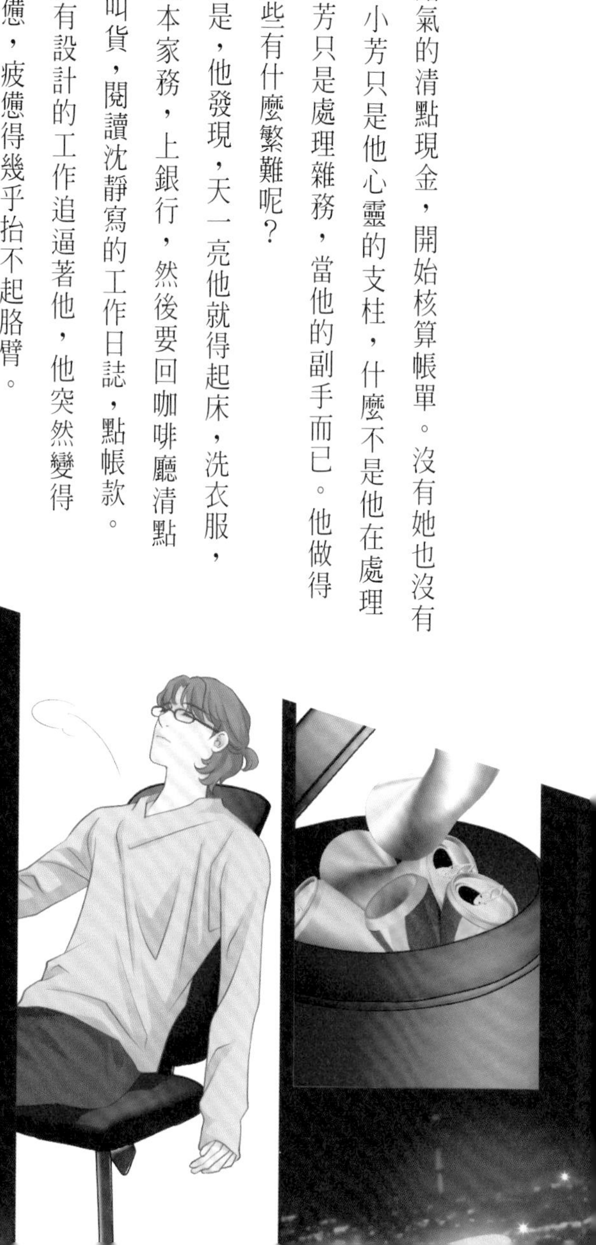

剛好將小芳的畫照得通亮。那是她少女時代的畫作……他們結婚以後，小芳再也沒有拿起畫筆。

怔怔的看了很久很久，他疲憊了一個月，小芳疲憊了十幾年，而且，放棄了一切。

這個時候，他才知道，他對心愛的人，做了些什麼。

以愛之名，將她禁錮在疲憊的牢籠。以愛之名，折斷她才華的翅膀。

不自覺的依賴她，不自覺的束縛著她，在一天天的瑣事裡，一點點一點點的，消磨她的生命。

我不是眞心想這樣的。將臉埋在掌心，他喃喃著。

老闆娘沒有回來，暴怒的老闆，變得消沉，卻冷靜許多。有一間失去了老闆娘的笑容，也隨著陰寒的冬天，黯淡起來。

下午不再營業了，沈靜提前到八點上班。沒有每日特餐，老闆瘦了，沉默了，菸抽得更凶，總是叫沈靜幫煮一杯又一杯的黑咖啡。

有一間還在，只是，暗了。

「我想辭職。」小珂沮喪的跟沈靜說，「我不知道爲什麼，但是再待下去總覺得沒意思。」

「……你若走了，『有一間』就更不像『有一間』了。」沈靜淡淡的，「或許老闆娘會回來。也或許……我們會習慣。不要這個時候，好嗎？」

小珂望望她，突然覺得安心許多。只要小靜還在，有一間就還在。

再巨大的傷口只要不致命，都是會痊癒的，離別也是如此。聚散沒有緣法，所以，要珍惜現在。

離別是重逢的開始，誰也不知道，

我們會不會在下個街角重逢。

冬天的台北，哭了一夜。或許是乘載不了太多人的別離。哭一哭也好，眼淚可以洗滌傷口，幾乎是所有的傷口。

呵著手，她的手腳凍得霜冷。望著閃閃的游標，她失笑了。

這樣充滿希望的字句，只是一種希望。而希望，往往不會實現。但是……聖誕快到了。就算不是基督徒，也能寄託一點希望吧？

希望有重逢的那一天。

只是眾神總是嘲弄的多，鮮少慈悲心。

這一天，十一號桌的客人，走到吧台結帳，望著沈靜背後的海報，突然開口了。

「我要走了，明天中午十一點的飛機，要去上海。」他沒有望著沈靜，只是自顧自的說，「謝謝妳。」

上海……隔著遙遠的海洋。她沒有說話，只是臉孔蒼白起來。沉默在他們之間流轉，原來離愁是這樣沉重，沉重得讓她的指尖輕輕顫抖。

總是會離別。

「但是，我們或許會在下一個街角重逢。」十一號桌的客人此刻才直視著沈靜的眼睛，溫暖而寧靜。

這句話讓她抬起頭，望著這個寂寞之洋裡的同類。沒有說一個字，她只是遞上找給他的零錢，和一個深深的，充滿祝福的點頭。

憂挹的臉上，出現了溫柔的微笑，這樣淡然卻隱隱有暖，像是陰霾台北難得的冬陽。

之後無數孤寂的夜裡，只要想起遠在台北的那個笑容，他就能夠跟著微笑，與孤寂，乾杯。

乾一杯曼巴。

十點五十五分，ＰＨＳ發出冷冷的閃光，有訊息。
只是一行e-mail，訊息來自「11」。

＊　＊　＊

是了，只要離開台北，那隻孤獨的手機，就再也收不到訊息。比黃金還珍貴的冬晴，你卻選在這個時候離開。

望著天空飛機留下來的雲痕，明明知道未必是你，我還是……低下了頭。

她低下了頭，卻沒有哭。

一個……熟悉的陌生人，就要離開台北。

一路順風。

綠燈亮了，她過馬路。冬陽耀眼得讓人張不開眼睛。這是個金色的耶誕節。

誰也不知道自己的未來。或許是下個街角，或者是下下個街角。

我們會重逢，總是有那麼一天。

不然，我要去的地方，人人都要去。我們總是會在彼岸重逢。

圍上和他相同花色的圍巾，她的微笑，淡得幾乎看不見。

10.
Chapter

有一間咖啡廳

晚上七點五十六分。穿著斜紋格子毛料裙的女孩，看了看她銀白的PHS。注意她很久了，總是在相同的時間出現，總是差不多的打扮。像是她隨時準備啟程一樣，手裡提著簡單的行李袋。

說是女人，她仍有粉嫩的臉頰。說是女孩，她的眼睛又太滄桑。冬陽在她髮際染得通亮，有雨時，又會幫她打上滿頭的細珍珠。一個冷冷的台北街頭，一個靈透的影子。沉默的，走下捷運站的入口。

並不是想搭訕她或什麼的，他欣賞著這個氣質格格不入於塵世的女孩，每天一點點，在素描簿裡描繪她的神韻。可歎再怎麼盡力，也只有一點點。

或許粉彩可以？或許油畫可以？不管是什麼素材，都沒辦法描繪出她的氣味。

「……眞特別。」他的同學訝異了，「你在準備畢業展嗎？這個模特兒是誰？」

望著那抹極淡極淡的寂寞，有種說不出來的感覺，像是從很深的地方被挖掘出來。

「……一個陌生人。」他望著畫裡的女孩，「一個……溫柔的陌生人。」

許多年以後，他成了畫家。賣了許許多多的畫，就是這一幅，說什麼也不賣，但是每次畫展都會擺出來。

標題是：「溫柔的陌生人」。

只是沈靜不知道，就算知道，也只是淡淡的一笑。一隻蝴蝶的展翅，會在某個人的心裡，捲起波濤。

這寂寞的世界，每個人都渴望溫度，所以，互相碰撞、影響，不管是有意還是無意的。

而她，是無意的。

有一間仍然存在，老闆娘走了，有一間還是開了下去。

小黑板的每日特餐仍然擺著，只是菜單變成了：「暫停供應」。

只是暫停，說不定哪一天，逃亡的她，會千山萬水的飛回來，繼續在吧台後面微笑。

有一間還在，就可能有希望。

風鈴輕輕的響著，帶著毛線帽的少女緊張的走進來，她張望了一會兒，小小聲的問，「有一間還開著呀……小珂哥哥在不在？他還在這裡做嗎？」

沈靜抬起頭，定定的望著這個清秀的小女孩，「他在。小珂，你有客人。」

在倉庫搬啤酒的小珂狐疑的走出來，認了好一會兒，「……家宜!?」

少女幾乎哭出來，「小珂哥哥！你還記得我……」她跑上前，想伸出手抱住他，

又害羞的縮手，「小珂哥哥，我來拿……來拿我的珠珠項鍊。」

萬一他丟了怎麼辦？萬一他忘記了怎麼辦？

「妳等一下。」小珂的笑容如陽光般燦爛，他轉身到裡面，打開保險箱，愼重的拿出糖果罐。「家宜，這是妳的珠珠項鍊。」

「你沒有忘記……你眞的沒有忘記……」家宜哭了起來，「我……我……小珂哥哥，我十七歲了……算不算長大？我沒有忘記，我一直沒有忘記……我們試試看，好不好？」她抱著糖果罐，眼淚不斷的滴下來，這樣珍貴而晶瑩。

小珂紅了臉，呆呆的望著這個沒有忘記他的小女孩……事實上已經是少女了。

輕輕的拍了拍她的肩膀，「我們先聊一下，好不好？已經過了很久了……妳也不知道，我是不是妳記憶裡的那個人。我請妳喝一杯咖啡？焦糖拿鐵，妳最喜歡的，對不對？來……」

望著重逢的那對孩子，又哭又笑的，原來……眞的會回來。

沈靜細心的把咖啡杯洗淨，整整齊齊的排起來。許多人都回來過……回來要求看看他們寄放的東西，然後，繼續寄放。

有一间
cafe

在許許多多人的心裡，有一間是不會關門的，不管去得再久再遠，歡笑或失意，總有個永恆，矗立在台北霜風苦雨的街頭，發著暖暖的燈光。

推開有風鈴的大門，會有溫暖的咖啡和沈靜的笑，雖然淡得幾乎看不見。小珂會充滿活力的喊：歡迎光臨。

那群善良溫柔的陌生人，永遠會在那個熟悉的角落。

許多的記憶和眼淚，也封存在那裡。

故事繼續蔓延，在有一間。每個人都說一段自己的故事，或者即興的演一場，就

這樣，構成了這個看似無情，卻蘊含深意的台北，一個小小的縮影。

但是，最希望看見的人，卻沒有回來。

打上了這兩句，她望著螢幕閃爍的游標發呆。爲什麼期盼他回來？連句話也沒交談的陌生人。一個……熟悉的陌生人。

她想刪除，Del鍵卻遲遲按不下去。

春天來了啊……永遠哭不盡的台北，依舊是哽咽默默無語，飲泣到天明。

沒有一點溫度。

垂首，鬥魚潑刺轉身，是這個讓霓虹燈照得豔紅的小房間，唯一的聲響。

飛機飛越空中，極輕微極安靜，也非常寂寞的旅聲。

一切都非常安靜。半睡半醒中，在很深很冷的湖裡，她游動，沒有任何同類的身影。

＊　＊　＊

十一號桌再也不是他的專屬座位。

但是她還是會忍不住的望一望。這已經是一種習慣，而不是期盼什麼。

新的客人，新的故事，在有一間上演著。她盡責的當一個聽眾，工作日誌依舊密密麻麻。

風雨無阻嗎？或許。不管是嚴冬還是酷暑，她都會走到有一間來上班。

就算是颱風已經讓這明亮的台北斷電而沉寂，她還是拿著手電筒，從十四樓走下來。

這是一種無謂的堅持，她笑著自己。

狂風折斷了雨傘，雨衣也無法抵擋暴雨，
她掙扎到有一間時，全身上下都在滴水，
和同樣溼透的老闆默默相對。
「……可以放假的。」凍得顫
抖的老闆僵硬的開口。
「我不想放假。」

默默的開門，點起燈。她換上備用的衣物，走進吧台。沒多久，像是水裡撈起來的小珂嚷著進門，「靠，雨下得還眞大！忠孝東路已經變成河了啦！機車居然可以騎到這裡，眞要給它獎賞一下……」

不會有客人來的颱風夜……我們在這裡做什麼？

就爲了點起那盞燈吧。告訴寂寞的台北，我們還在。有一間，還在。

煮起愛爾蘭咖啡，風雨取代了那滴必要的眼淚。溫暖了胃，也溫暖了心。

誰也沒有說話，就靜靜的享受這種疏遠的親近。一種比親人更尊重，比朋友更淡永的感情。

「總是要把店開起來的。」老闆開口，煙霧瀰漫了他的眼睛，顯得朦朧。

或者不是煙霧，而是思念。

「嗯。」

她不知道自己的眼中，有沒有相同的朦朧。

十一點十一分，風鈴挾帶著風雨而來，一個溼透的客人進來了。

望著和自己相同花色的圍巾，她無法言語，事實上，她從來不言語。

「一杯曼巴，謝謝。」客人坐到十一號桌。

無言的煮曼巴，她的表情一點變化也沒有。不過是……風雨故人來。

銀色的ＰＨＳ久違的輕響，她不敢看，也不能看。

將曼巴交給小珂，她僵了好一會兒，慢慢的拿起ＰＨＳ。

「在這個街角，與妳重逢。」來自11的訊息。

她不知道，也不願知道，眼中的朦朧，是不是淚光。她從來都不想知道。

許多故事，繼續蔓延著。在有一間咖啡廳。

寫完《有一間咖啡廳》之後

寫完以後，有很長的一段時間，我無法動彈。

倒在床上很久，我不能睡覺，只是一種內外都掏空，連靈魂都不知道在哪的感覺。

剛開始寫「有一間」的時候，我只是很單純的，在台中的一個街角看到了這家咖啡廳，很有趣的名字：「有一間咖啡廳」。

然後呢？

像是許許多多的故事，安安靜靜的上演。但是故事永遠說不完，在這家店還存在的時候。

這是有一間的雛形。

後來，一位朋友邀請我參與一個ＰＨＳ的衍生企畫，也有ＰＨＳ的我，就隨意的把這個雛形放了進去。

企畫終止了，但是故事還存在。

在一個夜裡，我望著滿窗台打翻珠寶盒似的美麗夜景，突然想念起那個永遠哭不完的台北都城。

永遠哭不完，永遠的潸然淚下。我想起那個都市永遠寂寞的空氣，和深海下永遠沉默如魚的行人。

那一個夜裡，我煮了一杯咖啡，在空白的word裡頭，打上了「有一間咖啡廳」。

寫寫停停，許多時候我寫不下去。要逼自己正視不敢承認、不願碰觸的心情，是痛苦的。

生活在寂寞之洋，永遠看不到自己的同類。一呼一吸，都是孤獨的泡影。

永遠孤獨的泡影。

終究，我還是寫完了。雖然寫完後，非常的疲憊。疲憊到抬不起胳臂。

我想，生命的旅程依舊在延續，故事
就沒有完盡的一天。
或許，我該做的只是，再煮一杯
咖啡。在這夜裡，安靜如死的夜裡。
蝴蝶

國家圖書館出版品預行編目 (CIP) 資料

有一間咖啡廳 / 蝴蝶原著 ; 曉君漫畫 . -- 初版 .
-- 新北市 : 悅智文化館 , 2021.01
208 面 ; 14.7×21 公分 . -- (蝴蝶美繪館 ;3)
漫畫插圖版
ISBN 978-986-7018-50-2(平裝)

863.57 109017900

蝴蝶美繪館 3

有一間咖啡廳

漫畫插圖版

原　　著 / 蝴蝶 Seba
漫　　畫 / 曉君
總 編 輯 / 徐昱
封面設計 / 古依平
執行美編 / 古依平

出 版 者 / 悅智文化事業有限公司
地　　址 / 新北市板橋區板新路 206 號 3 樓
電　　話 / 02-8952-4078
傳　　真 / 02-8952-4084
電子郵件 / sv5@elegantbooks.com.tw

戶　　名 / 悅智文化事業有限公司
劃撥帳號 / 19452608

初版一刷　2021 年 01 月　定價 350 元